U0933050

大唐狄公探案全译
高罗佩绣像本

御珠奇案

大唐狄公探案全译·高罗佩绣像本

黄禄善 / 主编

THE EMPEROR'S PEARL

〔荷兰〕

高罗佩 / 著

By Robert Van Gulik

蔡丹丹 / 译

山西出版传媒集团 北岳文艺出版社

BEIYUE LITERATURE & ART PUBLISHING HOUSE

- 太原 -

图书在版编目（CIP）数据

御珠奇案 /（荷）高罗佩著；蔡丹丹译 .— 太原：北岳文艺出版社，2018.1(2018.9 重印)

（大唐狄公探案全译：高罗佩绣像本 / 黄禄善主编）

ISBN 978-7-5378-5526-6

Ⅰ．①御… Ⅱ．①高… ②蔡… Ⅲ．①侦探小说－荷兰－现代 Ⅳ．①I563.45

中国版本图书馆 CIP 数据核字（2018）第 001793 号

书名：御珠奇案
著者：〔荷〕高罗佩
译者：蔡丹丹

策　　划：续小强
项目统筹：贾晋仁
　　　　　庞咏平

责任编辑：马峻
书籍设计：张永文
印装监制：巩璠

出版发行：山西出版传媒集团・北岳文艺出版社
地址：山西省太原市并州南路 57 号　邮编：030012
电话：0351-5628696（发行部）0351-5628688（总编室）　传真：0351-5628680
网址：http://www.bywy.com　　E-mail：bywycbs@163.com
经销商：新华书店　　承印者：山西人民印刷有限责任公司
开本：890mm×1240mm　1/32　　字数：122 千字
印张：5.875　版次：2018 年 1 月第 1 版　印次：2018 年 9 月山西第 2 次印刷
书号：ISBN 978-7-5378-5526-6
定价：23.80 元

《狄公案》是中国众多公案小说之一种，但是，随着高罗佩20世纪40年代对《武则天四大奇案》的译介以及之后“狄公探案小说系列”的成功出版，“狄公”这一形象不仅风靡西方世界，也使中国读者看到“中国古代犯罪小说中蕴含着大量可供发展为侦探小说和神秘故事的原始素材”，认识到“神探狄仁杰”，“虽未有指纹摄影以及其他新学之技，其访案之细、破案之神，却不亚于福尔摩斯也”。在西方对中国总体评价趋于负面的20世纪50年代，“狄公探案小说”不仅满足了普通西方读者了解古代中国社会生活的愿望，也在一定程度上让西方世界重新认识了传统中国，扭转了西方人眼中古代中国“落后”“野蛮”的印象。从这个意义上来看，高罗佩对传播中国文化着实做出了很大的贡献，因此学界给予他很高的评价，将其与理雅各、伯希和、高本汉、李约瑟等知名学者并列为“华风西渐”的代表人士。

高罗佩是20世纪最为著名的汉学家之一，其语言天赋惊人，汉学造诣“在现代中国人之中亦属罕有”。高罗佩“狄公探案小说”的背景是久远的初唐社会，但讲述方式却是现代的，中国传统文化被润化在小说的情境中，服饰、器物、绘画、雕塑、建筑等中国元素以及其中所蕴含的中国文化，在不经意间缓缓流动着，构成一幅丰富多彩的中国图画，没有丝毫的隔膜感。小说创作的灵感来源于公案小说，但叙事却完全是西方推理小说的叙事。在整个案件的推演、勘察过程中，读者一直是不自觉地被带入情境中，抽丝剥茧，直到最终找出答案。这种互动式、体验式的交流方式，是高罗佩探案小说的成功之处，也是至今仍为广大读者喜爱的原因之一。

为了让读者能原汁原味地读到高罗佩“狄公探案小说”，体味到高罗佩笔下的中国文化和社会，我社邀请著名西方通俗文学研究大家黄禄善教授组织翻译了这套“大唐狄公探案全译·高罗佩绣像本”，以飨读者。

我社推出的“大唐狄公探案全译·高罗佩绣像本”以忠实原著为原则，译文更贴近于读者的阅读习惯，且完整保留了高罗佩探案小说创作的脉络，力图打造一套完整的“高罗佩探案小说”全译本。

“大唐狄公探案全译·高罗佩绣像本”共计十六册（包括十四部长篇，两部中篇，八部短篇），其中收入了高罗佩手绘的地图及小说插图一百八十余幅。书中的插图仿照的是16世纪版画的风格特点，特别是明代《列女传》中的形象。因此，插图中人物的服饰以及风俗习惯均反映的是明代特征，而非唐代。此外，小说中涉及大量唐代官职、古代地名等信息，虽经译者考证并谨慎给出译名，但仍有存疑之处，敬请方家指正。

愿我们的这些努力，能使这套“大唐狄公探案全译·高罗佩绣像本”成为喜爱高罗佩的读者们所追寻的珍藏版本。

北岳文艺出版社

2018年1月

一

20世纪与21世纪之交，西方通俗文学界一个令人瞩目的现象是历史侦探小说（historical detective fiction）的崛起。当时西方的许多主流媒体，如《纽约时报》《华尔街日报》《泰晤士报》《卫报》等等，连篇累牍地报道这类小说获奖的信息，有关小说的介绍、评论汗牛充栋。这些获奖作品的背景多半设置在一个历史久远的年代，中心情节是破解一个与谋杀有关的谜案，作者大都为历史学、考古学的专业人士，爱好文学创作。譬如保罗·多尔蒂（Paul Doherty, 1946—），当代英国著名历史学家，20世纪80年代末开始历史侦探小说创作，迄今已出版了八十多部以古希腊、古罗马、古埃及和中世纪英格兰为背景的侦探小说，其中《叛逆的幽灵》（*The Treason of the Ghosts*）被《泰晤士报》列为2000年最佳犯罪小说。又如琳达·罗宾逊（Lynda Robinson, 1951—），毕业于得克萨斯大学考古专业，擅长中东史和美国史研究，后在丈夫的鼓励下进行历史侦探小说创作，处女作《死神谋杀案》（*Murder in the Place of Anubis*, 1994）一问世即荣登“纽约时报畅销书排行榜”，接下来的十多本小说也一版再版，畅销不衰。再如加里·科比（Gary Corby, 1963—），澳大利亚历史侦探小说创作新秀，尽管作品数量不算太多，但已是2008年“柯南·道尔奖”得主，2010年问世的《伯里克利政体》（*The Pericles Commission*）又获“内德·凯利奖”（Ned Kelly Award）。凡此种种，正如《出版人周刊》2010年一篇评论所指出的：“过去的十年目睹了历史侦探小说的数量和质量的爆炸。以前从未有过如此多的天才作家出版如此多的历史侦探小说，作品涵盖的历史年代和案发地点也从未如此宽泛。”[1]

不过，西方历史侦探小说的诞生并非从这个世纪之交开始。早在1911年，在美国作家梅尔维尔·波斯特（Melville Post, 1869—1930）的短篇小说《上帝的天使》（*The Angel of the Lord*），就出现过一个历史年代的业余侦探“阿布勒大叔”（Uncle Abner）；他生活在古老的弗吉尼亚边疆，是个牧场工人，和蔼、睿智的中年人，依靠圣经的道德标准和美国的法律精神破案。《上帝的天使》很快被扩充为拥有二十六个故事的侦探小说集《阿布勒大叔：破案高手》（*Uncle Abner, Master Mysteries*, 1918）。到了1943年，美国作家利莲·托雷（Lillian de la Torre, 1902—1993）又发表了以历史人物塞缪尔·约翰逊（Samuel Johnson）为侦探主角的短篇小说《英格兰国玺》（*The Great Seal of England*），她同样将该短篇小说扩充为有多个故事的侦探小说集《萨姆博士：约翰逊侦探》（*Dr. Sam: Johnson, Detector*, 1948）。在这之后，西方目睹了历史侦探小说的高速发展。一方面，英国作家阿加莎·克里斯蒂（Agatha Christie, 1890—1976）出版了古埃及背景的长

1 Lenny Picker. *Mysteries of History*, Publishers Weekly, March 3, 2010.

篇历史侦探小说《死亡终局》（*Death Comes as the End*, 1944）；另一方面，美国作家约翰·卡尔（John Carr, 1906—1977）又出版了拿破仑战争题材的长篇历史侦探小说《狱中新娘》（*The Bride of Newgate*, 1950）；与此同时，荷兰外交家、汉学家、收藏家、作家高罗佩（Robert van Gulik, 1910—1967）还推出了基于中国公案小说传统的系列历史侦探小说“狄公探案”（*Judge Dee series*）。这些单本的、系列的历史侦探小说的问世，为当代西方历史侦探小说的全面崛起做了有益的铺垫，尤其是“狄公探案”，采用长、中、短三种小说形式，数量多达十六卷，在东、西方均产生了持久的轰动效应，被认为是早期西方历史侦探小说的成功“范例”。[1]

“狄公探案”系列历史侦探小说始于1949年高罗佩的一本中国公案小说译作《狄公断案精粹》（*Celebrated Cases of Judge Dee*）。故事的侦探主角狄公（Judge Dee）在中国历史上实有其人。他名叫狄仁杰，生活在唐朝（618—907），一生为官，两次出任宰相，是所谓的青天大老爷。有关他廉洁自律、为民请命、秉公办案的故事很早就在民间流传。到了清朝末年，一位无名氏将这些民间故事整理成长篇公案小说《武则天四大奇案》（亦名《狄公案》或《狄梁公四大奇案》）。高罗佩在中国任外交官期间，对该书产生了浓厚的兴趣。他在进行了详细考据之后，将其中基本符合西方侦探小说传统的前三十回翻译成英文出版。之后，又亲自出马，尝试创作了以狄公为侦探主角的历史侦探小说《迷宫奇案》（*The Chinese Maze Murders*, 1952）。该历史侦探小说出版后，居然是本畅销书。从此，高罗佩一发不可收拾，先后接受芝加哥

1 Carl Rollyson. *Critical Survey of Mystery and Detective Fiction*, Revised Edition. Salem Press, INC, printed in USA, 2008, p.1783.

大学出版社及其他图书出版公司的稿约，继续创作了十五卷狄公案历史侦探小说。它们是：《铜钟谜案》（*The Chinese Bell Murders*, 1958）、《黄金谜案》（*The Chinese Gold Murder*, 1959）、《湖滨谜案》（*The Chinese Lake Murders*, 1960）、《铁针谜案》（*The Chinese Nail Murders*, 1961）、《红阁子奇案》（*The Red Pavilion*, 1964）、《朝云观奇案》（*The Haunted Monastery*, 1961）、《御珠奇案》（*The Emperor's Pearl*, 1963）、《漆画屏风奇案》（*The Lacquer Screen*, 1962）、《晨猴・暮虎》（*The Monkey and the Tiger*, 1965）、《柳园图奇案》（*The Willow Pattern*, 1965）、《广州谜案》（*Murder in Canton*, 1966）、《紫云寺奇案》（*The Phantom of the Temple*, 1966）、《太子棺奇案》（*Judge Dee at Work*, 1967）、《项链・葫芦》（*Necklace and Calabash*, 1967）、《黑狐奇案》（*Poets and Murder*, 1968）。这些"奇案""谜案"也全是畅销书，不断再版、重印，直至2014年，还有麦克法兰图书出版公司（McFarland）的新版本出现。

与此同时，"狄公探案"系列小说的影响又渐渐从美国、英国、加拿大、澳大利亚、新西兰延伸到法国、德国、西班牙、荷兰、瑞典、芬兰、日本和中国。1982年，甘肃人民出版社率先在中国推出了陈来元、胡明翻译的《四漆屏》（*The Lacquer Screen*）。紧接着，中原农民出版社、北方妇女儿童出版社、北岳文艺出版社、中国电影出版社、海南出版社、贵州大学出版社也各自推出了这样那样的狄公案全译本和节译本。各种各样的续集、改写本也不断涌现。"狄公探案"被多次搬上银幕，仅在中国大陆，就有电影《血溅画屏》（1986）、《恐怖夜》（1988）、《奇屏谜案》（2009），电视连续剧《狄仁杰断案传奇》（64集，1986）、《神探狄仁杰Ⅰ》（30集，2004）、《神探狄仁杰

Ⅱ》（40集，2006）、《神探狄仁杰Ⅲ》（48集，2008）、《神探狄仁杰Ⅳ》（50集，2013）。

二

作为早期西方历史侦探小说创作的一个成功范例，“狄公探案”小说系列展示了这一小说类型的诸多特征。首先，它是侦探小说，遵循侦探小说之父爱伦·坡（Allan Poe, 1809—1849）的“破案解谜六步曲”，亦即介绍侦探、展示犯罪线索、调查案情、公布调查结果、解释案情发生的原因和经过、罪犯的服输和认罪。其次，它又是历史小说，涵盖了历史小说之父沃尔特·司各特（Walter Scott, 1771—1832）所创立的大部分市场要素，如异国情调、哥特式气氛、英雄主义、骑士精神等等。而且，其作者本人，也像上面提到的许多当代历史侦探小说的作者一样，是个精通历史学、考古学的专业人士，只不过专业研究的对象，并非众人趋之若鹜的古希腊、古罗马或中世纪欧洲文明，而是当时并不被看好且有点冷僻的东方语言文化。

高罗佩，原名罗伯特·范·古利克，1910年8月9日生于荷兰聚特芬（Zutphen）。父亲是个医生，曾先后两次在荷属东印度（Netherland East Indies, 今印度尼西亚）服役。自小，高罗佩随父母侨居在殖民地，在当地学习汉语、爪哇语和马来语，由此对亚洲文化，尤其是中国文化产生了浓厚的兴趣。1923年，父亲退役后，高罗佩随全家回到荷兰，定居在奈梅亨（Nijmegen）。1929年，高罗佩从奈梅亨市立中学毕业，入读莱顿大学，主修东方殖民法律和（荷属东）印度学，以及中日语言文学，后又到乌特勒支大学深造，学习现当代中国史以及藏文和梵文，并以论文《马头明王诸说源流考》（*Hayagriva，the Mantrayanic Aspect of Horse-cult in China and Japan*）获得东方语言学博士学位。高罗佩的语言才能和专业知识很快得到回报。1935年，他被荷兰外交部录用为助理翻译，并被派驻东京，任荷兰驻日公使馆二等秘书。1941年，太平洋战争爆发，荷兰成为日本的对立面，高罗佩与其他同盟国的外交人员一道被遣离日本。1943年3月，他从印度加尔各答来到中国重庆，与那里的荷兰使馆人员会合，出任荷兰政府驻重庆大使馆一等秘书。其间，他结识了同在大使馆秘书处工作的中国名媛水世芳，两人结为伉俪，先后育有三子一女。战争结束后，高罗佩离开中国回到海牙，出任荷兰外交部政务司远东处处长，一年后又去了美国，任荷兰驻美使馆顾问。1948年，他被任命为荷兰驻日本东京军事代表处顾问，1951年又离开东京前往新德里，任荷兰驻印度大使馆文化参赞。1953年，他再次被召回，任外交部中东暨非洲事务司司长。1956年至1959年，高罗佩担任荷兰驻黎巴嫩全权代表，1959年至1962年又担任荷兰驻马来西亚大使。1965年，他作为驻日大使第三次被派驻东京。任上，他被诊断出患了肺癌，不得不返国治病。1967年9月24日，他在海牙辞世，享年五十七岁。

高罗佩一生以外交官为职业，辗转海牙、东京、重庆、南京、华盛顿、新德里、贝鲁特、吉隆坡等地，工作异常繁忙。尽管如此，他还是不忘初衷，挤出时间从事自己所喜爱的东方语言文化研究。他的研究兴趣很广，琴棋书画、小说戏曲无所不包，而且成果颇丰，几乎每隔一至两年就出版一本书。1941年由日本上智大学出版的《琴道》（*The Lore of the Chinese Lute*）是西方第一本系统介绍中国古琴的专著。在书中，高罗佩基于大量中国古代文献，对中国古琴的起源和特征、琴人的心境和原则、琴曲的意义和内涵、演奏的象征和意象，做了详尽的论述。而1944年在重庆出版的《明末义僧东皋禅师集刊》（*Collected Writings of the Ch'an Master Tung-kao，a Loyal Monk of the End of the Ming Period*），则是一部填补中国佛学史空白的开山之作。该书成书时间长达七年，期间高罗佩遍访中日名刹古寺、博物馆院，共觅得东皋禅师遗著和遗物三百余件。1958年，他耗时十余年完成的《书画鉴赏汇编》（*Chinese Pictorial Art as Viewed by the Connoisseur*）又在罗马远东研究社出版。全书内容分两部分，前一部分泛论中日屋宇的式样、书画的悬挂方法以及装裱技术的衍变，后一部分讲述毛笔的构造、墨的制作、纸绢的特质、书画真赝的鉴别，堪称一部东方艺术鉴赏大全。

不过，高罗佩的最大学术成就当属中国古代性文化研究。1949年，因日文版《迷宫奇案》的一幅封面裸体插图，高罗佩开始对中国古代性文化产生兴趣。他广集史料，探幽索隐，费尽周折收集历朝历代春宫画册，又参阅了一系列的明末情色禁书，终于辑成了中国古代性文化的拓荒之作《秘戏图考》（*Erotic Colour Prints of the Ming Period*, 1951）。该书共分三卷。卷一《秘戏图考》是正文，用英语写成，分“上”“中”“下”三篇，讨论了自公元前226年至公元1664年中国历代王朝与性有关的历史文献、春宫画简史以及他所收藏的《花营锦阵》对题跋文字的注释和翻译，并附有“中国性术语”和“索引”。卷二《秘书十种》系中文卷，收录了卷一所引用的重要中文参考文献，包括《洞玄子》《房内记》《房中补益》《天地阴阳交欢大乐赋》《某氏家训》《纯阳演正孚佑帝君既济真经》《紫金光耀大仙修真演义》《素女妙论》以及《风流绝畅图》题词和《花营锦阵》题词。卷后有附录，分乾（旧籍选录）和坤（说部撮抄）两部分，所录各项均为极其珍贵的中国古代性文化研究资料。卷三《花营锦阵》影印了他所收藏的《花营锦阵》的所有春宫画，外加所题艳词。在这之后，高罗佩继续中国古代性文化研究，且时有新的发现，适逢荷兰图书出版商建议他撰写一部面向更多西方读者的中国古代性文化著作，于是便有了洋洋数十万言的《中国古代房内考》（*Sexual Life in Ancient China*, 1961）的问世。相比《秘戏图考》，该书的社会文化史研究气息更浓，且内容上有增补，还更新了许多旧的译文，添加了许多新的引文；观点上有修正，尤其是强调爱情的高尚意义，反对过分突出纯肉欲之爱。直至今日，该书仍是东西方性学家了解中国古代性文化的重要参考文献。

三

正是以上历史学、考古学方面的惊人成就，让高罗佩发现了《武则天四大奇案》等中国公案小说的价值，并选择性地翻译、出版了《狄公断案精粹》。在该书的“译者前言”，高罗佩指出，多年来西方读者所理解的中国侦探小说，无论是厄尔·比格斯（Earl Biggers, 1884—1933）的“查理·张”系列小说（*Charlie Chang series*），还是萨克斯·罗默（Sax Rohmer, 1883—1959）的“傅满洲系列小说”（*Fu Manchu series*），其实都是“误判”。真正的中国侦探小说是《武则天四大奇案》之类的中国公案小说。这类小说早在1600年就已经存在，时间要比爱伦·坡“发明”侦探小说的年代，或者柯南·道尔（Conan Doyle, 1859—1930）“打造”福尔摩斯的年代，早出几个世纪。而且这类小说多有特色，主题之丰富，情节之复杂，结构之缜密，即便是按照西方的标准，也毫不逊色。然而，由于一些文化传统的原因，迄今这类小说不为广大西方读者所知。他呼吁西方侦探小说作家应该关注这一被遗忘的角落，积极改写或创作以中国古代清官断案为主要内容的侦探小说。[1]鉴于和者甚寡，1950年，他亲自操刀，尝试创作了以狄公为侦探主角的《迷宫奇案》，以后又费时十七年，将其扩展为一个有着十六卷之多的狄公探案系列。

而且，也正是以上历史学、考古学的惊人成就，让高罗佩在创作这十六卷狄公案时有意无意地融入了较多的中国古代文化元素。“漆画屏风”“柳园图”“朝云观”“紫云寺”“红阁子”，这些书名关键词本身就是一幅幅色彩斑斓的风俗画，给西方读者以丰富的中国古代文明想象；而小说中的许多故事场景，如“迷宫”“花亭”“半月街”“桂园”“乐苑”“黑狐祠”“白娘娘庙”“罗县令府邸”，也无疑是一道道风味独特的精神大餐，令西方读者一窥东方建筑。此外，还有许多与案情有关的主题物件，如竖琴、棋谱、毛笔、画轴、香炉、算盘、绢帕，也不啻一件件极其珍稀的古文物展示，勾起了西方读者对中国传统文化的无限向往。

当然最值得一提的是，“狄公探案”蕴含的道家思想和诗化手段。在《迷宫奇案》，故事刚一开始，高罗佩就描绘了一个仙风道骨的太原府狄公后裔。他头戴黑纱高帽，身穿宽袖长袍，胸前白髯飘拂，举止谈吐不凡。正是他，讲述了狄公当年在兰坊县任上所破解的三桩命案。之后，故事套故事，小说中又出现了一个鹤发童颜、双唇丹红、目光敏锐

---

1 *Celebrated Cases of Judge Dee: An Authentic Eighteenth-Century Chinese Detective Novel*, Translated and With an Introduction and with Notes by Robert van Gulik, Dover Publications, Inc, New York, 1976, pp. i-v.

的道家隐士，他于狄公断案百思不得其解之际指点迷津。由此，狄公锁定了余氏财产争夺案的真正凶犯。同样高贵、脱俗、飘逸的道家隐士还有《项链·葫芦》中的葫芦老道。同传说中的道家神仙张果老一样，他骑着一头长耳老驴，鞍座后面用红缨带拴着一个大葫芦。小说伊始，在松树林，他不期而至，给不慎迷失方向的狄公指路。接下来，还是在松树林，他协助狄公击退了凶狠歹徒的袭击，让狄公得以完成公主的重托。末了，依旧在松树林，他再遇狄公，自报真名，细述身世，并赠予其大葫芦，然后语重心长地留下嘱咐："大人，现在您最好把我忘了，免得将来还会想起我。虽说对于未知者，我只是一面铜镜，会让他们撞头；但对于知情者，我是一个过道，进出之后便了事。"[1]

显然，高罗佩在暗示读者，狄公之所以能屡破奇案，是因为有"高人"相助，而这"高人"并非别的，乃是他所信奉的"清静无为""顺应天道""逍遥齐物"的老庄哲学。事实上，现实生活中的高罗佩也是一个老庄哲学推崇者。在《琴道》的"后序"，高罗佩曾经谈到自己的抚琴体会，认为其秘诀在于遵循老子说的"去彼取此，蝉蜕尘埃之中，优游忽荒之表，亦取其适而已"[2]。接下来的正文，他进一步明确指出："我认为道家思想对琴道衍变有决定性的优势，或者说，虽然琴道的产生及基本观念源于儒家，但内涵却是典型的道家。"[3]此外，在《中国古代房内考》中高罗佩也有类似的说法："道家从自己与自然的原始力量和谐共处的信念中得出合理结论，并固定下来，称之为道。他们认为人

---

1 Robert van Gulik. *Necklace and calabash*. University of Chicago Press, Chicago, 1992, p. 92.

2 Robert van Gulik.*The Lore of the Chinese Lute: An Essay in the Ideology of the Ch'in*.Sophia University, Tokyo, 1941, pp. xiii.

3 Ibid, p. 49.

类的大部分活动，都是人为的，只起到疏远人和自然的作用，由此产生非自然的、人工的人类社会，以及家庭、国家、各种礼仪、专横的善恶区分。他们提倡回复到原始质朴，回复到一个长寿、幸福、没有善恶的黄金时代。”[1]

如果说，在狄公案中，道家思想是高罗佩欲以推崇的精神食粮和破案利器，那么效仿唐代传奇小说和明清章回小说，对小说故事情节做诗化处理，便是他编织案情的重要手段。这种诗化手段，在狄公案前期问世的一些卷册，如《迷宫奇案》《铜钟谜案》《黄金谜案》《湖滨谜案》，主要表现在每章有两句对仗工整的诗歌标题，以及正文起首插有几句韵味十足的题诗。前者起着点明全章主要内容的作用，而后者往往也从作者的视角，感叹世事人生、因果报应，同时赞誉清官替天行道、为民申冤，与正文叙述有着某种唱和的效应。如《黄金谜案》第三章诗歌标题“入县衙主簿慌张，闯后园狄公受惊”[2]，概括了该章主要描写狄公一行四人进了蓬莱县衙，并着手调查前任县令遇害案；而《湖滨谜案》题诗“神笔录尽人间事，万物皆有源与头；无奈凡夫灵犀欠，不谙其意枉自愁。公堂端坐父母官，生杀之权大如天；倘若心少浩然气，草菅人命臭人间”[3]，也以极其简练的语言，歌咏了天下之大，无奇不有，法网恢恢，疏而不漏，为民父母，除害雪冤，从而有效地呼应、烘托了

---

1 Robert van Gulik. *Sexual Life in Ancient China: A Preliminary Survey of Chinese Sex and Society from Ca. 1500 B. C. till 1644 A*. D.Leiden, E. J. Brill, 1974, pp. 42-43.

2 Robert van Gulik.*The Chinese Gold Murders: A Judge Dee Detective Story*. Perennial, An Imprint of Harper Collins Publishers, New York, 2004, p. 20.

3 Robert van Gulik. *The Chinese Maze Murders: a Chinese detective story suggested by three original ancient Chinese plots*. The University of Chicago Press, Chicago, 1997, p. 1.

小说主题。狄公案后期问世的一些卷册，如《漆画屏风奇案》《御珠奇案》《紫云寺奇案》《黑狐奇案》，尽管考虑到西方读者的持续接受程度，不再有如此诗化形式，但仍出现了相当数量的对仗工整、韵味十足的诗歌。这些诗歌多半与案情相互交织，成为案情侦破的关键。以《漆画屏风奇案》为例，在正文第十一章，狄公偕竹香去地下的妓院暗访，看见床壁上贴有一首七言绝句，并从前后两句的字迹，推测是年轻画家冷德和滕夫人银莲合写，也据此断定此前滕知县所说“生死伉俪”完全是编造的。一个由婚姻不幸导致妻子出轨、继而被杀的复杂命案终于大白于天下。

四

然而，高罗佩并非不分良莠、一味地融入中国古代文化元素。也还是在他的《狄公断案精粹》的“译者前言”，高罗佩总结了《武则天四大奇案》等中国古代公案小说的五大“弊端”。首先，小说伊始即介绍罪犯，细述犯罪的经过和动机，从而丧失了故事基本悬念。其次，崇尚神鬼等超自然力量，法官能潜入冥王地府与受害者对话，动物、炊具也能上法庭做证。再有，故事冗长，情节拖沓，动辄数十章，甚至数百章。再有，出场人物过多，难以分清主次、理清线索。最后，惩罚罪犯过分，残忍地诉诸暴力。[1]

---

1 *Celebrated Cases of Judge Dee: An Authentic Eighteenth-Century Chinese Detective Novel*, Translated and With an Introduction and with Notes by Robert van Gulik, Dover Publications, Inc, New York, 1976, pp. ii-iv.

以上“弊端”，高罗佩在创作狄公案时已经剔除。整个谋篇布局，仍沿用西方古典式侦探小说的创作模式，并突出运用了许多行之有效的创作技巧。譬如阿加莎·克里斯蒂式的“高度悬疑”，几乎每卷都有这样的设置。典型的有《紫云寺奇案》，故事一开始，读者就被置于紧张的悬疑之中而不能自拔。漆黑的寺庙外，隐约现出一块溅洒鲜血的石头；一对男女鬼鬼祟祟，借着微弱的灯笼光线朝井边拖拽尸体。他们是谁？为何要弃尸古井？被害者又是谁？但未等读者找出答案，新的悬疑接踵而至。从古董店买来贺寿的紫檀木盒，莫名其妙地留有求救纸片。一夜之间，国库五十锭金变成一堆铅条。而原本是两个无赖之间的争斗命案，凶手却要费事地剁下受害者的头颅？并且，狄公的得力助手两次险遭杀害，衙役们已是一死一重伤。直至最后，罪犯一一被擒获，狄公细述案情，所有谜团解开，读者才恍然大悟。原来百年寺庙早已成了藏污纳垢之地。而《朝云观奇案》的悬疑设置更有特色，整个故事情节集中在一个密闭时空，命案迭起，案中有案。狂风暴雨夜，狄公一行人前往百年道观借宿。倏忽间，对面塔楼现出一男与一残臂裸女相搂的身影。此前，已有三个年轻女子在那里蹊跷身亡。紧接着，戏班子又有伶人“假戏真做”，险些酿成大祸。狄公循迹调查，又遭人暗算。更不可思议的是，众目睽睽之下，前任住持玉镜讲道时突然“仙逝”。之后，现任住持真智又坠楼暴毙。种种蛛丝马迹，指向道观一个辞官修道的孙太傅。然而他为何要谋害数条人命？又能否逃脱法律制裁？如此悬疑，一直持续到小说结束。

又如柯南·道尔式的“科学探案”，这一技巧的运用集中体现在小说主要人物形象的提升和重塑。在高罗佩的笔下，狄公已经不单是那个为政清廉、刚正不阿、体恤民生，只凭聪明才智断案的青天大老爷，而是融博学、勤政、亲民于一身，依靠仔细调查和缜密推理破案的“科学”神探。他手下的几个随从，马荣、乔泰、陶干和洪亮，也一改“四肢发达、头脑简单”的性格描写窠臼，变成有血有肉、智勇兼备的破案搭档。作为一方父母官，狄公不但熟悉辖区具体政务，还擅长同各种各样的人打交道，了解他们的喜怒哀乐和实际需求。尤其是，他深谙犯罪心理学，勤于现场勘查，善于从蛛丝马迹中寻找破案线索，并层层剥茧抽丝，缜密推理。在《漆画屏风奇案》第五章，高罗佩以十分细腻的笔触，描述了狄公如何在沼泽地查看一具女尸的情景：

> 狄公重新掀开裹盖女尸的袍服。除了那袍服外，女尸一丝不挂，一把短剑从左侧乳房直插胸部，露出剑柄。剑柄周围有一摊干涸的血。他继而细看那剑柄，发现质地为白银，上面镂刻了美丽的花纹，不过年代已久，呈现出黑色。他断定，这把短剑是一件稀世古董，只因那个乞丐不识货，在盗窃耳环和手镯的时候，没有将它拔出带走。他摸了摸那只乳房，表面冷而黏湿，接着又抬起她的一只胳膊，觉得还有弹性。看来，这个女人被害的时间不过几个时辰。他想着，这安详的神态，简便的发型，裸露的胴体，赤裸的双脚，都说明她是在床上熟睡时被害的。[1]

这段描写，与柯南·道尔在《巴斯克维尔的猎犬》中描述福尔摩斯现场勘察爵士死因简直有异曲同工之妙。不过，高罗佩没有无限拔高狄公，

1 Robert van Gulik. *The Lacquer Screen: a Chinese Detective Story*. The University of Chicago Press, Chicago, 1992, p. 52.

而是描写他有时也会被假象蒙蔽而犯错，也会因怀疑自己判断有误而心虚。此外，他还有七情六欲，不但娶有三房夫人，还看见美丽、善良的女人就动心。《铁针谜案》中暗恋郭夫人便是一例。小说描写了狄公邂逅这位容貌端庄、知书达理的仵作妻子后的种种爱慕心理。当获知她同样以铁针杀害了自己无恶不作的前夫后，狄公陷入了矛盾，欲绳之以法又心中不忍。郭夫人跳崖自尽后，狄公一夜未眠，“他感到非常疲惫，想过平静的退隐生活。但随之他明白，自己不能这样做。退隐意味着不想担当任何责任，而他却有太多的责任”[1]。这也令人想起英国侦探小说大师埃·克·本特利（E. C. Bentley, 1875—1956）在《特伦特绝案》中所描写的那个“已食人间烟火”的大侦探特伦特，他在推断门德尔松夫人杀害自己丈夫之后，选择了悄悄离去，因为门德尔松敛财堕落，消除他等于消除了罪恶。

再如约翰·卡尔的“密室谋杀”。所谓密室谋杀，是指罪犯在一个完全封闭、看似无法出入的空间环境内所实施的谋杀，往往产生一种独特的惊悚、神秘的效果。高罗佩似乎谙于这一技巧，在大部分卷册都有展示。《红阁子奇案》中的举人李琏和花魁娘子秋月先后“自杀”，显然是一种密室谋杀，因为两人均死在卧室，房门紧锁；而《朝云观奇案》中的前任住持玉镜“讲道时突然仙逝”，也是与密室谋杀不无联系，因为众目睽睽之下，凶手没有任何作案机会。最令人玩味的是《迷宫奇案》中的丁将军被杀案。高罗佩先是在第八章，透过狄公的视角，描述了十分密闭的案发现场：

---

1 Robert van Gulik. *The Chinese Nail Murders*. The University of Chicago Press, Chicago &London, 1977, p. 200.

狄公迈步跨过书斋门槛，举目环视。书房很大，呈八边形，墙上高处有四扇小窗，窗纸莹白，阳光透过窗纸，漫入室内甚是柔和。窗户上方，有两个小孔，供通风之用，均有栅板相隔。除了窄门，书斋墙上再别无其他开启之处。

书斋中央正对门放着一张乌木雕花大书案，只见一人身穿墨绿锦缎便袍软软地伏于书案之上。此人头枕弯曲左臂，右手伸于书案之上，手中握有一红漆竹制狼毫，一顶黑色丝帽掉落于地，灰白长发暴露无遗。[1]

接着，他又借陶干和丁秀才之口，说明了凶手不可能自由进入案发现场的缘由。一是房门乃进入书斋的唯一通道，墙壁、书架上的窗户和挡有栅板的通气孔洞以及窄门，均未见暗道机关；二是丁将军先亲自开锁进入书斋，丁秀才跟着进入下跪请安，其时管家就站在丁秀才身后，直至丁秀才起身，丁将军才将房门合上，而平时书斋房门总是紧锁，唯一的钥匙也由丁将军随身携带。但就是这样一个看似无法破解的密室谋杀案，狄公通过仔细调查和严密推理得出了答案。原来杀死丁将军的是他手上执握的那管珍贵的狼毫。之前凶手将狼毫作为寿礼送给了丁将军，但狼毫内藏有浸透毒液的飞刀，上有弹簧，用松香封住。丁将军初次写字时，自然要烧掉狼毫笔端的毛刺，于是松香受热，弹簧启动，飞刀弹出结果了他的性命。

此外，还有盖尔·威廉（Gale Wilhelm, 1908—1991）的“女同性恋描写”，也对高罗佩的狄公案创作产生了较大的影响。尽管小说没有出

1 Robert van Gulik.*The Chinese Maze Murders: a Chinese detective story suggested by three original ancient Chinese plots*.The University of Chicago Press, Chicago, 1997, pp.88-89.

现任何女同性恋侦探，但出现了相关人物和细节描写，而且这些描写往往与案情的发展有关，甚至成为案情侦破的关键。仍以《迷宫奇案》为例。在该书的第二十四章，高罗佩几乎用了整整一章的篇幅来描绘女同性恋李夫人的外貌以及看见黛兰时的异样神态：

> 黛兰看那李夫人，面相周正，但五官略嫌粗大，双眉稍浓……黛兰燃旺灶内余火……顷刻厨房香味扑鼻……然而李夫人只吃了半碗便放下碗筷，将手置于黛兰膝头……角落里有两只水缸，一冷一热……黛兰提起热水缸盖……快速褪去衣裤，舀了几桶热水倒在盆内。待其舀取冷水时，猛地听得身后有异动，旋即转过身去……李夫人边说，边盯着黛兰。黛兰顿时觉得十分惧怕，忙俯身捡取衣裤。李夫人走上前来，霍地从黛兰手中夺走下衣，厉声问道："你怎么又不沐浴了？"黛兰惊得忙赔不是。李夫人猛地将黛兰拽到身边，轻声说道："姑娘何须假正经！你这身段甚是漂亮！"

当然，像盖尔·威廉的《我们也在漂浮》（*We Too Are Drifting*, 1934）一样，高罗佩如此不厌其烦地细述女同性恋性爱的目的是给接下来的情节高潮做铺垫。果真，李夫人求爱不成，便凶相毕露，并丧心病狂地用白玉兰之死来威胁黛兰。只见她将布帘一拉，梳妆台现出白玉兰的血淋淋头颅。正当李夫人的尖刀刺向黛兰之际，窗外跃入了彪形大汉马荣，眨眼工夫他便打落了尖刀，又将李夫人的双手绑定。至此，白玉兰失踪案告破。

立足西方古典式侦探小说创作模式，选择性融入中国古代文化元素，一切以故事情节生动为准则，高罗佩的十六卷“狄公案”就是这样成为早期西方历史侦探小说的成功范例，同时也赢得世界千千万万读者的青睐。

黄禄善

2017年10月26日

黄禄善，上海大学外国语学院教授，上海作家协会会员、上海翻译家协会理事，英国皇家特许语言家学会中国分会副会长。译有《美国的悲剧》等十部英美长篇小说，主编过八套大中小外国文学丛书，其中由长江文艺出版社、花城出版社出版的“世界文学名著典藏”（精装豪华本）近二百卷。

高罗佩·大唐狄公探案年表

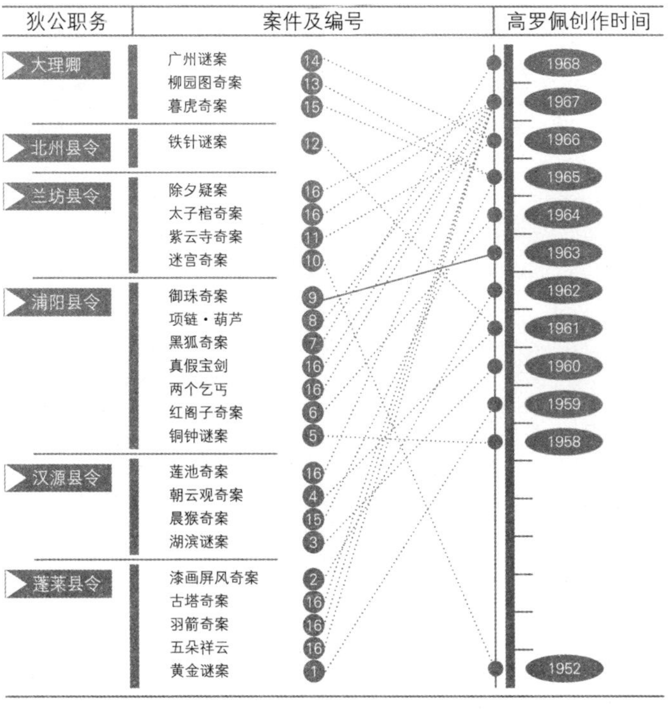

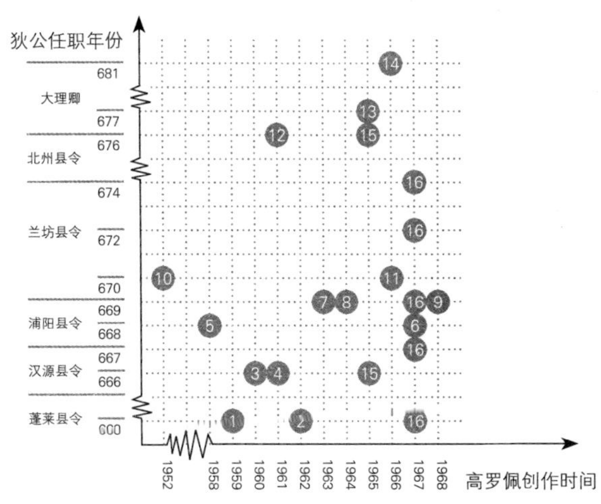

书中主要人物

狄仁杰 浦阳县令。浦阳，在今江苏省境内

洪　亮 狄仁杰忠实的幕僚，为方便洪亮行事，狄公委他协理县衙事宜，犹如州府参军，因此人人俱称其为“洪参军”

卞　葭 医生
唐　迈 书生
谢　光 书生

寇元梁 富有的古董商人
寇夫人 寇元梁的原配夫人（金莲）
琥　珀 寇元梁的二夫人

杨益民 古董铺的掌柜
郭　敏 京城来的药商

申　八 丐帮头头
梁小姐 武馆的馆主

一

河神娘娘庙的祭坛前，一名大汉正在焚香。

庙殿狭小，经年的香火把椽条熏得漆黑，上面吊着一盏油灯，灯光明灭，照着一尊真人大小的娘娘。大汉欠身把香插进青铜香炉，抬起头盯着那张安详的脸庞。幽幽微光下，河神娘娘似是隐隐含笑。

“娘娘自当称心如意！”他伤心地说道，“那天，在你的圣林里，我正要献祭那女子的鲜血，你反护着她逃出了我的掌控。不过今晚，我为你选了新的祭品，一切已准备妥当。这次我要……”

他立刻打住话头，忐忑地朝庙门口瞥了一眼。只见衣衫褴褛的老庙祝仍坐在门口的长凳上，眺望着张灯结彩的河岸，旋即又低头念起了经书，像是丝毫没有注意这庙内唯一的香客。

大汉收回目光，重新仰头端详着河神娘娘。

神像以原木刻成，不饰油彩。流畅的木纹巧妙地点缀出肩头的衣裳褶儿。她盘腿坐于莲花宝座之上，左手按膝，右手置于胸前，做祝祷状。

“模样儿真是俊俏！”大汉凝视着眼前这张沉静的脸庞，哑着嗓子低声道，“你倒说说，为何美人儿都这般蛇蝎心肠？分明是含羞的脸蛋、勾人的眼波却撩逗男人，反又来讥讽他？把人引到了堕落的道上，再将他抛弃，教人从此没日没夜地念想……”他双手紧紧攥着祭坛的边沿，圆睁的双目突然闪过癫狂的凶光，恨恨咒道：“他们全都该死！就该将他们赤条条横陈在你的圣坛上，用刀子剜进他们狡诈的心头；该叫他们……”

忽然，他噤了声，浑身一个激灵，方才分明瞥见河神娘娘那缀着明珠的光洁额头微微一蹙。定神再看，原来不过是飞蛾掠过油灯时投下的影子。他长吁一口气，擦了擦额头的汗珠。

大汉紧抿双唇，又惊疑不定地扫了眼神像，才转过身来，走到老庙祝跟前。老人正埋头念经，大汉拍了拍他瘦骨嶙峋的肩头。

“今晚就让娘娘清静一夜，如何？”他故作轻松地堆起笑，“龙船赛眼看要开始了。瞧，龙船已在白玉桥下排列就绪。”说着又从袖口掏出一把铜钱，继续诱劝，“这个请收下，去那边的酒家吃喝一顿岂不痛快？”

老庙祝神情疲倦、眼圈发红，他抬眼瞅着大汉，没有接钱。

“我不能离开，否则娘娘会降罪。娘娘的威严向来不容冒犯。”说着他又埋头经卷，不再理会大汉。

听了这话，大汉禁不住一个哆嗦，恨恨地咒了一声，便步下石阶，往岸边的小路走去。他必须快马加鞭，在龙舟赛结束之前赶回城里。

二

狄公与他的夫人们正坐在船尾高高的舱板上搓麻将。运河两岸，大小船只首尾相接，密密匝匝，他们的官船单独停泊在一处水面。

这日正是五月初五，一年一度的龙舟节。从中午起，整个浦阳城的百姓就如潮水一般涌出了南门，浩浩荡荡地挤往运河边的大看台——龙舟赛的终点。作为浦阳县令，狄公将在台上给夺魁的桨手颁奖。

按例，县令出席典礼便可，但狄公每年都会兴致勃勃地与治下的百姓一同欢庆这个节日。日落前一个时辰他便带家眷仆从乘着三顶大轿出城了。一行人在看台对岸的官船上安顿好，用了简单的晚餐。餐毕，他们便坐下来搓麻将，只等着月亮升起，赛船

卞葭与寇元梁向狄公禀报龙舟赛事宜（高罗佩　绘）

开始。暮色渐暝，江风中带着微微的凉意，歌声、笑声从远近水面飘来。大大小小的画舫、驳船都点起了彩灯，平静幽暗的水面登时映出一派欢庆的绚丽光彩。

周遭的景致仿若仙境一般，但桌上四人只顾打牌，无暇欣赏这美景。狄公一家都酷爱打麻将，打起牌来劲头十足，还有许多复杂的讲究。此时，牌局正到了最后的决胜关头。

“我正等着你这张‘六’呢！”狄公得意地对大夫人道，顺手出了张牌。

他的三位夫人都没搭腔，她们正专心研究自己手上的牌。暮色渐浓，牌面有些难以辨认。

三夫人从自个儿的立牌中选了张牌，一面将它出到桌子中间的牌堆里，一面向蹲在茶炉前看火的两个丫鬟吩咐：

“将我们的灯笼也点起来吧，我都快看不清牌面了。”

“过。”狄公言道。可他抬头看见老管家上了甲板，正向牌桌走来，便不由得恼火：“又是什么事？难道那个神秘的访客又来了？”

两刻前，狄公和他的夫人们暂离牌桌，正站在甲板上凭栏眺望两岸的风光，有个陌生人偷偷上了船。管家待要通报，那人却称不想打扰狄公，便转身离去了。

“老爷，这回是卞相公与寇相公求见。”须眉交白的老管家恭敬地回禀道。

“传他二人进来。”狄公叹口气道。

卞葭和寇元梁是负责组织这次龙舟赛的。二人皆不是当地的达官要人，狄公与他们只是认识而已，平日里无甚交往。卞葭是位名医，经营着一家大药铺；寇元梁则是位富裕的古董收藏家。

“他们不会久留。”狄公宽慰着夫人们。

大夫人嘶嘴道：“这倒无妨，只是你不许偷换我们的牌。”她和其他两位夫人一齐将自己的牌朝下放倒，起身退到屏风后面去了。

狄公也起身，向走上甲板作揖的两个人点头致意。这两位表情严肃、身材高大的乡绅穿着素色的薄绸长衫，头上戴着黑纱便帽。

“两位相公请坐。”狄公亲切地说，“想必你们是来禀报龙舟赛的事，一切都准备就绪了吧？”

“正是，大人。”卞大夫答道。他嗓音干哑，言谈倒是简洁赅要。“寇先生与我刚从白玉桥赶来，统共九条赛船都已在起点一字排开。”

“桨手都还出色吧？”狄公问道，接着转头提醒上茶的丫鬟，“小心把牌弄乱了！”说着也将自己的牌面朝下放倒。

卞葭答道：“今年的士气空前高涨。各条船上的十二名桨手不费什么工夫就都募齐了。二号船上的桨手全是运河船夫，他们发誓非要赢过城里人不可，今夜将会有一场激烈的争夺。寇先生和我安排所有的桨手在白玉桥镇的酒肆里饱餐痛饮了一番。此时，他们正摩拳擦掌地要上场呢。”

“卞大夫，你的船是夺冠热门哩！”寇元梁苦笑道，“我那条船怕是要输，毕竟船身太沉。”

“寇先生，我倒听说，你的船都是有些渊源的，完全是按照先人造船的古法打造的。”狄公道。

寇元梁俊朗的脸上现出一抹笑容，忙道："在下参加这龙舟赛主要便是为了忠实地承袭先人旧制。"

狄公点点头。他早就听说寇元梁一心钻研古董文物，热衷古玩收藏，便想着日后有机会要看看寇元梁收藏的字画。他说道：

"闻寇先生此言，我深感欣慰。古往今来，四海之内，但凡有江河湖泊之处，便有这欢庆龙舟节的风俗。天下百姓劳苦终年，唯有借着各个节庆方得休闲。"

"本县百姓都道赛龙舟可教河神娘娘高兴，河神娘娘一高兴，便可保一年风调雨顺，鱼虾满舱。"卞葭捋着胡须道。他的胡须生得墨黑，衬得那张淡漠的长脸愈发苍白。

寇元梁道："当然，旧时这赛龙舟的节庆可不像今日这般清白。赛船之后，百姓们还要用活人献祭，在河神娘娘庙里杀一个青年男子。人们称这男子是'白娘娘的新郎官'，那男子的家人还当作这是天大的荣耀呢。"

"所幸本朝开明仁德，早在百余年前就废止了这惨无人道的陋俗。"狄公道。

"旧时的迷信很难破除。"卞葭缓缓道，"本地百姓依旧供奉着河神娘娘。尽管如今我们在自己开凿的运河里航运、捕鱼，不再仰赖河神娘娘的河道，但那娘娘庙里的香火却从未断过。记得四年前，赛船时翻了条船，淹死了个桨手，当地人却道这是吉兆，预示着秋天要有好收成。"

寇元梁不安地看了眼卞葭，放下茶杯，起身道：

"大人，我二人再到看台上去确认一番，看看颁奖典礼是否准备妥帖，先告辞了。"

卞葭也跟着起身，二人躬身拜辞。

狄公的三位夫人急忙从屏风后面走出，围着牌桌坐定。三夫人看着桌上的牌，急切地嚷道："还剩几张牌，到了最后一搏了！"

丫鬟送上新沏的茶，四个人又专心致志地打起了牌。狄公缓缓地捋着长须，估量着他的胜算。他已进入"听牌"阶段，只等"三筒"或"白板"中的任何一张。"三筒"已然出齐，只有一张"白板"在外，若是谁将那张"白板"打出来，他就和了。他望着夫人们因兴奋而泛红的脸颊，思索着那张牌究竟在谁手里。

突然，附近传来震耳的礼炮轰响声，接着是一阵爆竹声。

"出牌啊！"狄公对坐在他上家的二夫人不耐烦地催促道，"已经放烟火了！"

二夫人迟疑了一下，拍了拍自己梳得油光的发髻，然后往桌上出了张"四索"。

"过！"狄公失望地叹道。

"和了！"三夫人兴奋地叫着，摊下了牌，她只等着这张"四索"呢。

"好手气！"狄公赞叹道，接着又问三人："谁把'白板'藏起来了？我一直等着这张晦气的牌。"

大夫人和三夫人都将自己的牌放倒，并没有那张"白板"。

"这就怪了。"狄公皱眉道，"桌上只有一对'白板'，我手上一枚，另一枚牌还能自己飞了不成？"

"许是掉到了地上？"大夫人推测。

他们朝桌子底下瞧了又瞧，还抖了抖自己的衣衫，都没找到。

“会不会是丫鬟忘了放进匣子里？”二夫人说道。

“绝不可能！”狄公没好气地说，“打牌前我把匣子里的牌统统倒出来数过，每次打牌前我都习惯数一遍的。”

“呲——”的一声传来，紧接着一声巨响，夜空中便如暴雨般洒下一阵色彩斑斓的流光，霎时照亮了运河上下。

“快瞧！”大夫人喊道，“多美呀！”

四人急忙起身，走到船栏边。烟火正从四面升起，爆竹声响连作一片。接着，观赛的人群里爆发出了高声欢呼。一弯惨淡的银月挂在天空。此时，赛船已经从几里外的白玉桥飞驰而出。黑夜里间或传来一两下鞭炮的噼啪声，渐渐地便只剩下观赛的人们低声议论的声音了。他们在急切地谈论自己的赌注。

“我们也来下个注吧！”狄公轻快地说，“今夜，人人都要赌上几个钱，就是那困顿潦倒之徒也不例外。”

三夫人拍手赞同。

“我押五十文钱在三号船上。”她喊道，“也让他们沾沾我赢牌的好运气。”

“我押五十在卞大夫的船上，这是今晚的大热门。”大夫人也加入。

“我押五十在寇相公的船上，”狄公说，“我相信传统的手艺。”

四人又说笑了一会，品了几盏香茶。

忽然，船上的人们都站了起来，伸长着脖子眼巴巴望着运河的拐弯处，赛船将从那儿驶来，进行最后的冲刺。感受到万众期盼的紧张氛围，狄公和夫人们也忙靠到船栏边。

岸边乌压压的泊船之中撑出两叶扁舟，在看台前的运河中央排开，分别下了锚。船上的仲裁官展开了一面鲜红的大旗。

突然，远处鼓声隐隐，虽未见船身，但可以想见赛船已逼近河湾了。

人群爆发出嘈杂的欢呼声，九号船率先拐过河湾。狭长的船舱内，十二名桨手两两并排，随着船中央大铜鼓的鼓点奋力划桨。一条大汉肩宽背阔，打着赤膊，抡着一对木头鼓槌疯狂地捶着鼓面。舵手则半蹲着把住长长的尾舵，向桨手们高声吼叫。雕饰着龙头的船首高高翘起，破流飞进，激起层层白浪。

“是卞大夫的船！我赢了！”大夫人不禁喊了起来。

但是，九号船后面紧随着第二条船，后船的龙头怒张着大口，眼看就要咬上九号船蜿蜒的龙尾。

“那是运河船夫的二号船。”狄公道，“他们正拼命地追赶呢！”

二号船的鼓手是个精悍的小个子青年，他发狂似的擂着鼓，大声嘶吼着为桨手们鼓劲。两条船飞驰向前，二号船的船头已经紧紧咬住了九号船的船尾。震耳欲聋的呼喊声几乎淹没了船上的鼓声。

又有四条赛船驶入了河湾，但人们已无暇顾及，每一双眼睛都胶着在九号船和二号船上。二号船以惊人的速度追赶着，眼看就要追平对手，但总是差那么一点。狄公看见九号船的鼓手脸上露出得意的笑容，此时他们距终点不过十来丈，裁判已垂下了红旗，指示着终点线。

突然，九号船上的大汉滞住了，右手举着鼓槌僵在空中，像是盯着这鼓槌惊呆了，转眼便见他颓然扑倒在了大鼓上。桨手们失神地望着他，有两支桨碰到一起，船身一个倾斜，速度慢了下来。两船一同从终点的红旗下穿过，但九号船落后了半个船身。

“可怜的小伙，最后关头竟倒下了。上场前真不该灌那么多酒……”狄公的叹息湮没在人群的欢呼声中。当九号船和二号船在看台边锚定时，其余七艘龙船也陆续到达了终点，围观群众兴高采烈地为他们欢呼喝彩。一片鼓乐喧嚣中，烟火再次从四面升起。

狄公见一艘官船向他们的船靠过来，便转头对夫人们道：“接我颁奖的人来了。管家伺候你们先行回府，等典礼一结束我便回去。”

三位夫人屈膝拜送，狄公往下面的甲板走去。卞葭和寇元梁二人早已在官船的舷梯口候着了，狄公上了官船，便向卞葭道：“卞大夫，此番输了实在是令人扼腕，那鼓手没有大碍吧？”

“我这便去看看，大人。他是条强壮汉子，我们会仔细照料，相信很快就能好转。今晚这比赛可真是惊心动魄！”

一旁的寇元梁不发一言。他惴惴不安地捋着胡子，张了张嘴，终是什么也没说。

上了岸，班头带了六名衙役向狄公行礼。卞葭和寇元梁二人引着狄公上了看台的阶梯。狄公一登上看台，亲随洪参军便带他进了用竹屏隔出的内室，替他换上了一套墨绿色的织锦官袍。狄公兴致勃勃地说：

“洪亮，今晚真是十二分的尽兴！”他接过乌纱帽戴好，又问：“我出去的这几个时辰衙门里可有事？”

洪参军答道："只是些寻常公务，大人。我让文员、衙役酉时中放了班。他们个个都兴高采烈地赶来这里看龙舟赛了。"

"很好！稍后我致辞时，你去码头看看九号船的鼓手，如何临到终点竟败了下来。"

狄公穿戴整齐，来到看台前，台下已是万头攒动。衙役们让各船的水手在台下列队整齐，各船的舵手作为代表上台领奖，狄公嘉奖了几句，分发了红纸包着的奖品——一块米糕和少许银钱。接着，狄公又做了简短的讲话，祝百姓们鸿运高照、兴旺发达。底下爆发出热烈的鼓掌声、喝彩声，久久不歇。

狄公回到内室，洪参军忧心忡忡地禀报道："大人，那鼓手死了，仵作称是遭人投毒。"

三

狄公俯视着鼓手僵直的尸体，沉默不语。尸体放在内室地面的一张芦席上，仵作蹲在一旁，拿一根银棒探入了死者的口腔。今晚他恰好也来看赛船。尸身被抬上岸时，他曾草草验过一遍，眼下他要再做进一步的检查。

卞葭和寇元梁站在一旁等候，卞葭走上前来，急躁地说："大人，何须费这事！我敢确诊他是猝发心疾而死，这症状一清二楚。"

"等仵作验完再下定论！"狄公凛然道。他仔细地察看尸体，死者那肌肉健硕的上身裸露在外，下身覆着块布，面部因临死的痛苦而扭曲，前额光滑宽阔，看着倒像个读书人，不像伙计或苦力——赛船的船员多从这些人中募选而来。仵作站起身来，狄公忙问：

“你因何断定他是被人下毒？卞大夫可说他是猝发心疾而死。”

仵作答道：“大人，除了心疾的症候之外，死者的手指和脚趾尖上都有紫斑，我刚才察看了他的口腔，发现舌头肿大，遍布黑紫斑块。我恰巧是南方人，那边的山民能配制出一种慢性毒药，毒发后的症状正是如此。今夜我一看到尸身上的紫斑，就断定死者必是中了此毒。”

闻言，卞葭俯下了身，仵作用银棒撑开死者口腔，叫他往里看。卞葭看完点了点头，惭愧地对狄公道：“大人，确如仵作所言。是我误诊了。我想起曾在医书上读到过关于这种毒药的记载，若是空腹服下，顷刻就会毒发，但若是饱餐后再服毒，则要半个时辰才会发作。”

“死者既是你船上的鼓手，想必也是你药店的伙计？”狄公问。

“大人有所不知。此人名唤唐迈，是外地来的书生，药铺里生意繁忙时，他来做点零工。”

“他在本县可有亲属？”

“大人，早先这唐迈与父母居住在城外一幢宅子里。就在几年前，他父亲做生意破了产，就变卖了家宅，搬回北边的老家去了。唐迈一人留在这里，打些零工糊口，一心想在县学里念完了六经，再回北边跟双亲团聚。他这人风趣开朗，平易近人，身强体壮，练就了一身拳脚功夫。我铺子里的伙计都愿同他结交，因此就叫他做了这龙船的鼓手。”

寇元梁神情痛惜地扫了一眼横在地上的尸体，也说："唐迈确是个颇能干的小伙。他父亲是古董文玩的行家里手。耳濡目染，唐迈在古玩鉴赏方面也深有眼力。"

狄公问："寇相公是如何结识他的？"

"禀大人，他时常带了自己低价购得的瓷瓶铜器与我交易。我跟卞大夫一样，也认为唐迈是个不错的后生。"

狄公淡淡道："这却不能保他免遭毒手。他平日里可曾与人结怨？"

卞葭用询问的眼神看了看寇元梁，见他不知情，便答道："大人，这倒不曾听闻。不过，我看唐迈平日里与那三教九流之徒打得火热，又常常同闲汉无赖一道练拳，莫不是跟哪个起了争执……"他打住了话头。

狄公见卞葭脸色惨白，神情慌张，像是因唐迈的死而受了惊吓，又或是因自己的误诊而懊恼。他问寇元梁："唐迈住在何处？"

"禀大人，听说是在城西南的半月街。具体的地址我不知道，不过倒是可以问问他的朋友谢光。谢光也是个外地来的书生，与唐迈一起练拳脚功夫，闲时常也做些古玩字画的买卖。他曾跟我提起与唐迈合租一家旧衣铺子的阁楼。他还曾答应我要在这龙舟赛上助我一臂之力呢，想来他应该就在附近。"

"将那谢光带来见我！"狄公吩咐仵作。

"他刚回城去了。"卞葭慌忙说道，"我来时恰巧撞见他朝南门去了。此人左脸上有道长长的疤，我绝不会认错的。"

"真是不巧，"狄公见寇元梁躁动不安的样子，似是急着要离开，便道："也罢，两位相公且先回去，待我仔细查查此案。二位切勿走漏了内情，那唐迈之死就暂且说是心疾猝发。明日开堂审案时，请二位也到场出席。洪亮，你送二位相公下去，再替我将班头叫来。"

卞葭、寇元梁走后，狄公对仵作说：

"幸亏先生技艺精深，今天若不是你恰巧在此，我定当信了卞大夫的诊断而忽略了这起谋杀案。你这便回衙门填一份尸格。"

仵作颇为得意，微笑着退下。狄公反剪双手在内室来回踱步，见洪参军带着班头来了，便向班头吩咐道："将死者的衣服取来！"

班头从桌子底下取出一个包裹，打开来，回道："大人，唐迈的衣物都在这里了——裤子、腰带、鞋袜，这件上衣是在船上那大铜鼓下找着的。"

狄公将手伸进上衣的宽袖中里摸索着，只找到唐迈的户籍、学籍证书和几块碎银子。他将东西一并递给洪参军，道："将这包裹带回衙门。"又命令班头："用芦席将尸体裹好，叫几个衙役运回空牢里，然后你亲自去唐迈的住处将谢光带回衙门，我今夜就要审他。"

班头领命告退。洪参军伺候着狄公换下官袍，不禁问道："谁竟会谋杀那书生？人们会觉得……"

"谋杀？"一个低沉的声音从他们背后传来，"我听说只是个意外。"

狄公猛然转过身来，刚要怒斥，待认出门口站着的大汉便忍住了。来者是县学对面古董铺的杨益民。狄公时常光顾那间铺子，与杨益民算是熟识。他缓和了口气说道："那书生的确是遭了谋杀。杨掌柜既已知晓，还望切勿声张。"

杨益民身材高大，皮肤黝黑，蓄着短短的髭须。闻言，他扬了扬两道浓眉，露出整齐洁白的牙齿轻笑道："大人尽管宽心。我听码头上的渔民议论纷纷，都说是白娘娘带走了那后生，这才来大人处探探实情。"

"这是哪里话！"狄公恼怒地问。

"本县百姓都尊称那河神娘娘为白娘娘。龙舟赛死了个后生，可把渔民们高兴坏了，都道是白娘娘得了供奉，今年捕鱼的收成就大有指望了。"

狄公不以为然地摇摇头，道："现在，我们就要让那凶手认为官府也迷信百姓的传言。"

"那他又是如何被杀害的？"杨益民扫了一眼尸身，"大人，怎么不见有血迹？"

狄公耐着性子说："你若是想知道详细的案情，明早可上公堂来看审。正好我也有事请教，这唐迈平常也做些古董买卖，你与他应当有所往来吧？"

杨益民摇了摇头，"只闻其名，却未有机会得见。我有自己的来货渠道，靠着一股拼劲，风里来，雨里去，整天追着那些在地里掘着宝物的农人，把十里八乡都走了个遍。倒是买到不少好货，这身子也锻炼得强健过人。那日……"

"唐迈有个叫谢光的朋友，你可曾见过？"

"不曾，大人。"他皱着眉道，"这名字听着有点耳熟，却实在是记不起来了。我刚说到哪来着，那日，我在东城外的一座庙里弄到一幅古画，大人，你一定也很感兴趣。这画保存完好，我——”

“改日我会上你的铺子里去的，杨掌柜，此刻我有要务在身，必须赶回衙门里去了。”

杨益民只好悻悻告辞。

狄公对洪参军道：“我挺喜欢同这人闲聊的，他对古董宝物的广见博识令人惊叹，也是个真心热爱收藏的人。可惜今天来得不是时候，”他往头上套了一顶黑色的便帽，疲倦地笑笑，“洪亮，看来此案只能由我俩分头查探了，马荣、乔泰和陶干要后天才能回城。”

洪参军沉吟道：“真是不巧！陶干随乔泰和马荣一同休假去了，这狡猾的小子可正是侦办下毒案的能手。”

“勿要发愁，合我二人之力定能破案！我马上就去白玉桥镇。显然，唐迈正是在那里的酒筵上被人下了毒。我先去探探那酒店的情形，你上孔庙县学去拜见欧阳督学，询问唐迈和谢光的学业品行。欧阳老先生善于识人，我很想听听他对这两个青年的看法。你不必等我。明日早膳后，即刻来衙内找我。”

他们走下看台台阶时，狄公又道：“对了，你顺道经过衙府，让管家告诉内眷，今夜我要很晚才能回府。”

四

▼

狄公从衙役手里牵过一匹马，翻身上鞍，向南门绝尘而去。一路上挤满了回城的人，谁也不曾留意疾驰而过的狄公。

官道有四五里是沿着运河的，堤岸边还坐着三五成群的男女，他们刚看完龙舟赛。接着，他绕进了一片起伏的丘峦，路两旁尽是幽深的树林；驰出树林又是一片平川，白玉桥镇的彩灯出现在眼前。跨过那座高高的白玉拱桥，狄公见不远处樯桅林立，停泊着许多大货轮，正是镇河和运河的汇流处。

桥对面的市集上灯火辉煌，大群的人聚集在店铺周围，一派热闹繁华。狄公下了马，走到一家铁匠铺。铁匠正闲着，狄公便给了他几文铜钱，嘱他照料马儿。狄公暗自得意，那铁匠并未认出他是本县县令。

他在街上信步走着，寻找打听消息的地方。忽见河岸边一棵高树下有个小小的庙宇，梁柱都漆成了红色，香火十分旺，善男信女摩肩接踵，个个都在募化箱里扔进几文铜钱。狄公也跟着人群挪到募化箱旁，他不由得好奇地朝庙殿内张望，一个穿着赭色破衲的老庙祝正在往悬挂在神坛上的一盏油灯里添油。神坛上供着一尊真人大小的娘娘，盘腿坐在莲花宝座上，半开半阖的一双眼睛正瞅着他，嘴角微微翘起，隐隐含着笑意。

狄公是个坚定的儒者，对民间的求神拜佛一向深恶痛绝。这张妖冶的笑颜更使他感到不安。他愤愤地甩了甩衣袖，下了庙外石阶，继续向前走去。不一会，到了一家修面店，店门对着河岸。他走进去坐在矮凳上等候，抬头看见一个窈窕女子正拨开人群朝这店铺走来。她身着黑缎长裙，黑色丝巾遮着半张脸。这女子绝不像是娼妓，她低调的穿着和端庄的举止无一不宣示着高贵的出身。狄公摘下便帽，心中狐疑，深更半夜，一个闺阁中的贵妇人孤身在这闹市闲逛，究竟所为何事？店铺里的伙计微笑着迎了上来，狄公只得转过神来与伙计攀谈。

“客官从哪里来啊？”伙计一边替狄公梳理胡须，一边开口问道。

“我是从邻乡来的拳师，正要上京访亲去。”狄公答道。他知道拳师一般都刚正侠义，疾恶如仇，最是受人敬重和信赖。“今夜生意很好吧？这么多人来看赛龙舟。”狄公问道。

“马马虎虎，实话对您说吧，今夜人人都有更好的去处了。您可见前面那个酒店，赛船前，卞相公、寇相公两位阔爷摆下了酒水宴，不单是参赛的船员，就连他们的亲友都一并入席，一文钱不花便可痛快吃喝，您说谁还肯来这里花钱修理须发？”

狄公点点头，遂用眼角偷瞟那个站在店门口的黑衣女子。那女子正倚着栅栏耐心站着。狄公心想，她莫非真是个窑姐，专门等候我出去便来搭讪拉客。他转念又问那伙计：“我见那酒店里只有四个伙计，这么多桨手吃喝，怕是忙坏了吧？听说有九条赛船呢。”

“不，他们可不忙。你看见大厅后面那张桌子了吗？他们在桌子上放了六大坛酒，随你自个儿舀，只管喝个痛快。两边桌上又堆满了冷盘佳肴，随你挑选。我的几个顾客都是桨手，因此我也能有资格上那儿大吃一顿，要不是铺子离不开人，我真还想去。菜肴全都是佳珍上品。人家卞相公、寇相公请起客来可真是大方！这流水般的开销他们连眼都不眨一下。更难得的是，两位相公为人和善，不摆架子，上上下下地亲自张罗，对每个吃客都是好言好语地招待……您要不要洗洗头发？”

狄公摇了摇头。

伙计又自顾自说开了：“我敢打赌，哪怕现在是自个儿掏钱，那里的人也要喝到半夜才肯尽兴。客官您可听说了，今夜赛船时出了事，死了个后生，所以人们才个个喜笑颜开的，都说白娘娘得了供奉，今年秋天可有个好收成了！”

“你信白娘娘吗？”

“怎么说呢，也信也不信。我这行营生既不靠水又不靠田，多少可以不在乎这些怪力乱神。我虽然对白娘娘不大在意，但也不敢走近那边的曼陀罗林。”他用手中的剪子指了指林子的方向，又说道：“那片林子是白娘娘的，我想还是小心避开为好。”

“说得是。留心剪子！别在我眼前左右挥舞。谢谢，多少钱？”

狄公付了钱，戴上便帽，出了店铺。

那女子果然迎了上来，开门见山道：“这位相公，小女子唐突了，可否借一步说话？”

狄公停下脚步，深深地看她了一眼，果然验证了最初的判断。那女子神态矜持，谈吐文雅，正是淑媛贵妇的风度。

“刚才听闻相公是个拳师，我这里有一份差事，不知相公是否感兴趣？”

狄公甚是好奇，这行为蹊跷的女子究竟有什么目的，便说：“我是行走江湖之人，一路上花销不少。赔本的买卖我可不干。”

“跟我来！”

她走到河边的柳树荫里，拣了条粗石凳坐了下来，狄公也在对面坐下。她取下面纱，真是个美人儿——二十五岁上下，杏儿眼，樱桃嘴，不施粉黛，柔嫩的粉颊上透着淡淡红晕，分外动人。女子睁着一双亮闪闪的大眼睛打量了狄公半晌，才开口道：“相公是侠义之人，定不会漫天要价。这事儿很简单。今晚我与人约了商议要事，在曼陀罗林边的一幢没人住的宅子里，离此地有半个时辰的路程。我定约时，竟忘了今天是赛龙舟的日子，各色流氓混混都会在这一带流连。想让相公陪我走一趟，替我挡开拦路抢劫的强盗之类。你只需将我带到宅子的门口就行。”说着她伸手到袖子里摸出一块银子，“事成之后我定不会亏待你。”

狄公想她理应知道更多详情，便故意猛地站起身来，冷冷道：“我自然眼馋这赏银。但我一个顶天立地的拳师，岂能掺和私会的勾当！”

“你胡扯！”女子愤怒地叫了起来，“我告诉你，这是光明正大的事！”

“你若想让我帮忙，就得先跟我说明白究竟是什么正大光明的事。”狄公决心追问到底。

“你先坐下，时间不多了，我先跟您说。你的谨慎倒让我觉得没找错人。老实跟你说了吧，今晚我受人所托要买进一件无价之宝。价钱已说定，但情况却非同一般，卖主要我发誓，不得走漏半点风声。因为还有别人觊觎着这件宝物，若让他们知晓了，卖主将从此不得安生。他此刻正在那宅子里等着我，那里废弃多年，正是做这桩买卖的好去处。”

狄公看了看她那垂下的左袖，问道：“这么说，你一个孤身弱女竟将这笔巨款带在身上？”

女子从左袖中掏出一个方纸包，默默递给狄公。狄公四顾无人，才揭开厚纸包的一角，往里一看，不由得倒吸一口冷气。纸包里整整齐齐地码着十锭金。他将纸包还给女子，问道：“敢问姑娘贵姓？”

“我这等信赖于你，望你也能信赖于我。”她一面平静地答道，一面将纸包放回袖子里，重又拿出那块银子，问道，“相公可愿随我走一趟？”

狄公点了点头，接过银子。与修面店伙计的一番交谈，狄公心里清楚，要想在这儿搜寻唐迈中毒的线索是不可能了。酒肆里宴请桨手时，闹嚷嚷乱成一片，谁都有机会在唐迈的酒食里下毒。不妨明日再仔细查探唐迈的底细，看他与哪些人有往来，或许能找出凶手下毒的动机。现在，他要看看这个诡秘的黑衣女子究竟要做什么。

两人在熙熙攘攘的市集中穿行，狄公说："我买个灯笼。"

女子不耐烦了："我对那宅子了如指掌，打个灯笼反而招人耳目。"

"但我可不熟，况且还要独自回来。"狄公淡淡地说。他在一个杂货摊前停下，买了个手提的油纸灯笼。

他们继续向前走，狄公忍不住问："那个与你会面之人怎么过去？"

"他平时就住在那宅子里。你若是有所顾虑，他会送我回白玉桥镇。"

两人默默向前走着。刚踏进通向树林的幽暗小路，他们就遇到一群流氓与三个妓女在那儿调情。他们用下流的言语议论狄公和黑衣女，只是忌惮狄公高大英武的身躯，才悻悻然闭了嘴。

向前又走了一段，黑衣女拐进一条幽径。两个在林子里晃荡的无赖向他们走来。双方走近时，狄公反剪着双手，摆出一副自信满满的架势，一看就是身经百战的拳师。那两个无赖本想寻衅，见此情形只得快步走远了。

狄公心想，这女子真没有白白付我那块银子，若她孤身一人，岂能平安走出这林子。

很快，市集的喧嚣就湮没无闻了，只有夜鹰凄厉的哀鸣偶尔打破这骇人的寂静。幽径曲折向前，林愈深，树愈高。枝丫密密实实地遮蔽了夜空，只零星漏下几点苍凉的月光；地上覆盖着厚厚一层落叶。

女子转过身来，指着一株高大虬曲的松树说道："记住这株松树。回去时，你从这里往左拐，一路向左便可出这林子。"说着，她径自走入一条荒草丛生的小道。她对这里的一切异常熟悉。狄公勉强跟随在后，一路上踉踉跄跄，险些绊倒在崎岖不平的路上。

他停下来稍稍喘口气，问道："这宅子如何荒废了？"

"这宅子紧挨着白娘娘的曼陀罗林，主家觉得不吉利。你不曾听修面店里的伙计说吗？相公莫非害怕了？"

"姑娘放心，我虽有点胆寒，但绝不是懦夫。"

"好！别出声！前面就到了。"她停下脚步，指了指前方。

只见稀树掩映之中，一座颓圮荒败的门楼立在惨淡的月光下，两边是耸立的高墙。黑衣女子走上三级石阶，推开了两扇几乎腐朽的木门，回头轻轻地说了声："多谢护送，相公请自便。"便闪身进了宅子。

狄公转身往回走。到了那株大松树下，他不由得停下了脚步，稍作思忖，便将灯笼轻轻放在地上。他将长袍的下摆掖进腰带，挽起了衣袖，然后提起灯笼又朝门楼走去。他想要亲自探一探那两个神秘人会面的地方，寻一个有利的角落，从那里窥视他们。如果真是一桩老实的买卖，他就立即离开；但若是有半点可疑之处，他便公开自己的身份，当场问清事情的来龙去脉。

狄公轻轻推开那两扇沉沉的木门，走进门楼，才发现要找到会面的所在并非想象中那般简单。这宅子的构造甚是诡异，进门不是一片敞阔的前院，而是一个黑黢黢的回廊。狄公见前面不远处闪着微弱的灯光，便吹熄了灯笼，摸索着遍布青苔的湿冷石墙朝那儿走去。

穿过回廊，前面便是一个荒废的大庭院，院里野草丛生，乱石嶙峋。正中影影绰绰有一座主厅，高甍飞檐映着月色惨淡的夜空。狄公走进院子，忽听右边似有模糊的声响。他立刻住了脚，循声望去，只见一扇窄门敞开着，便毫不犹豫地穿过窄门仔细谛听。声音来自一个台基约莫四尺高的亭阁。亭阁坐落于一个四面皆有围墙的小花园内。园内荒草萋萋，寒烟漫漫。亭阁的四面围挡和顶檐瓦瓴显然是新近修葺过，与四周的断壁残垣格格不入。正面的小门紧闭着，唯一的一扇窗户也关得死死的。声音是从门楣的缝隙间传出来的。

狄公飞快地审视四周，见左边的围墙仅有四尺高，墙外大树参天，漆黑一片；而右边的围墙略高一些，若是爬上墙头，或许能从门楣的缝隙间窥见亭阁内的情形。他拣了一处墙砖凹凸、易于攀爬的角落爬了上去。此时，月亮恰巧被乌云遮住，四周一片漆黑。他只得大着胆子朝那亭阁方向飞快地爬去。只听那女子说：“我要先知道你为何来这里，才能告诉你……”接着传来一声咒骂，然后是扭打的声音。女子尖叫：“把手放开！”

突然，狄公身下的墙头松动了一下，他急忙抓住一处墙砖，竭力稳住身子。数十块砖一下子塌了下去，“啪啦啦”掉落在墙脚的瓦砾堆上。狄公小心翼翼地摸索着从瓦砾堆爬下墙去，正惊魂未定时，突然又听见亭阁里传来女子一声凄厉的惨叫，然后是门被打开的声音和仓皇的脚步声。

狄公急忙跳下墙来，大声叫道：“别跑！这里已被包围了！”但于事无补，只听见远处传来枝丫折断的噼啪声。一个黑影穿过门楼，飞身逃进了树林。待狄公踉跄起身想要追赶时，哪里还有踪影。

狄公回身看向亭阁，门半开着，里面一盏烛火摇曳，黑衣女子躺在地上。他飞快地奔上台阶，不禁在门口停住了脚步。那女子仰面躺着，胸口深深地插着一把匕首，只有刀柄露在外面。狄公连忙上前蹲到她身边察看，她一动不动，已经死了。

狄公愤愤自语:“她出了钱雇我保护她，我却眼看着她被人杀害了！”

她显然曾拼命自卫，右手还紧攥着一把细长的薄刃，上面粘着血迹，血迹从地上一直滴到门口。

狄公伸手摸了摸她的衣袖，那装有金锭的纸包不见了。袖内只有两条绉纱手绢和一张字据，字据上写着“寇府琥珀夫人”。狄公听说寇元梁的大夫人身患不治之症多年，于是又纳了房侍妾，甚是年轻貌美，想必就是死者了。寇元梁这个糊涂蛋，竟让自己的爱妾深夜独自来这儿替他买进什么价值连城的古董，却不知这就是个抢夺金锭的圈套。

狄公叹了口气，站起来仔仔细细地检查这间阁子。除了一把椅子、一张竹榻，不见什么橱柜、壁龛之类可以储物的家具。四壁和天花板都是新修过的，窗户用铁条封得死死的，门上钉了厚厚的木板，还挂着一把大铁锁。这番布置分明是在严防死守什么，着实令人费解。狄公不由得皱起了眉头，拿起桌上的蜡烛点亮了灯笼。他一路出了小花园，径直到了主厅。

空荡荡的大厅幽暗潮湿，破败不堪。正对着大门的墙上高高挂着一块匾额，上面三个遒劲的大字“湖畔居”，落款是“唐一贯”。

“好字！”狄公不禁赞叹道。

大厅连着走廊，几只蝙蝠见着灯笼的光亮，便开始在狄公头上盘旋，地上好几只大老鼠四处逃窜。整幢宅子就像坟墓般的阒寂幽暗，阴森可怖。

狄公打算回到亭阁，去取那两把凶器。他一人在这阴森的宅院里也无计可施，便打算回到白玉桥镇，让里正带领手下把那女子的尸体运回县衙。此时，月亮又从乌云后面钻了出来。

狄公走进小花园，朝那黑黢黢的曼陀罗林看了一眼，登时吓了一跳。有人正沿着低矮的院墙偷偷走来，蓬乱的头发露在墙头。那人显然没有察觉到狄公，自顾自不慌不忙地走着。狄公赶紧蹲下身，悄无声息地走到矮墙边，攀住墙头用力翻过去，落在一道长满野草的沟渠边，离墙头有六七尺。墙外却不见人。

狄公抬头看看墙头，顿时呆住了。那颗头发蓬乱的头颅竟自个儿在墙头颤颤巍巍地移动，说不出的诡异恐怖。

狄公屏住呼吸，双眼死死盯着那可怖的东西。忽然，他长吁一口气，轻轻笑了起来。原来是月光戏弄了他——那不过是只乌龟拖着一束缠结的蓬草。

狄公伸手拽掉乌龟背上的蓬草，那小精灵责备似的看了眼狄公，便将头和四肢一股脑儿缩进了壳里。

“小家伙，好计策！”狄公嘀咕道，“刚才我真想跟你一样哩。”

在这鬼气森森的荒野里，能有个小东西陪着说说话，狄公感到自在不少。他不安地望了眼沟渠对面幽暗的树林，那显然就是白娘娘的曼陀罗林了。

“此地不宜久留，随我回府吧。我的花园正好适合你，我想，白娘娘不会想你的。”狄公说着，便从袖中取出一方手帕，将乌龟包了，四角打了结收进袖中。然后他翻过院墙，又回到花园里。

狄公回到亭阁，蹲下身小心翼翼地将匕首从女子胸口拔出。匕首直刺进她的心脏，玄缎长裙浸透了鲜血。他又从女子僵硬的右手中抽出那柄薄刃，用手帕将两柄凶器一并包了。最后，他仔细看了看这亭阁，才转身下了台阶。

狄公仔细察看了回廊四周。宅子的外面的护墙，显然是用来防范强盗匪徒的。他出了门楼，借着手中的灯笼，很容易便循着原路回到了白玉桥镇。

街市上仍是一派节日欢腾的景象，灯火如昼，人来人往。狄公找到了白玉桥镇的里正，表明了自己的身份，命令里正派人去湖畔居将那女尸带回县衙，并令他派十二名民丁守卫湖畔居直到天亮。他从铁匠手里牵过自己的坐骑，将袖中的两柄凶器和那只乌龟放进马鞍袋，策马回城。

五

▼

尽管夜深了，南城门依旧半开着，三三两两的百姓还在陆续进城。每人交给守卫一枚小小的长方形竹牌，牌面上潦草地写着个数字。按照规定，城内百姓若要在城门关闭之后回城，必须在出城前提出申请，并领取这么一枚竹牌。没有竹牌的人必须由守城士卒验明姓名、职业、住址并交纳五个铜钱，才被允许进城。

南门的校尉远远看见有人骑马而来，认出那是狄公，连忙喝令士兵将城门大开。狄公勒住缰绳，问道："刚才是否有个受伤的男子进城？"

校尉将头盔向后推了推，露出汗津津的前额，答道："大人，这我可说不准。我们实在来不及细细察看进出的每一个人，今晚这一大拨一大拨的人……"

“罢了。从现在起，你必须仔细检查进出的每一个人，若是发现有个刚受了刀伤的男子，立即逮捕，将他带到衙门。你马上派一名士兵骑马去另外三座城门传达这个命令。”

语毕，狄公驱马进了城。城里仍旧挤满了狂欢的人群，酒肆和店铺的生意正自红火。狄公直向东城奔去，他记得寇元梁的宅邸就在东城。

来到离东门不远的一幢闹中取静的宅邸，狄公下了马，走到两扇朱漆大门前，拿起门上的铜环叩了几下。

管家应声开了门，见是县令狄大人，慌忙跑进内院禀报寇元梁。寇元梁得知狄公深夜来访，急忙来到前院迎接。他满脸惊慌，忘了礼节，见到狄公便激动地问道：

“大人，是不是出事了？”

“是的。寇先生进屋说话。”

“当然，大人请。方才莽撞失礼，还望见谅。我实在担心……”寇元梁懊悔地摇了摇头，引着狄公穿过曲折的回廊，进到一间宽敞的书斋，房内错落有致地陈列着一些古董、字画。

他们在墙角的一张圆茶桌边坐定，狄公开口问道：“寇先生的二夫人是不是名唤琥珀？”

“正是！大人，出了什么事？她吃完晚饭便出门办事去了，到现在还没有回来。究竟……”

这时，管家奉茶进来，寇元梁立刻住了嘴，亲自为狄公斟茶。狄公缓缓捋着胡须，审视着寇元梁脸上的变化。待寇元梁坐定，狄公沉痛地说：“寇先生，琥珀夫人被人谋害了。”

寇元梁顿时脸色苍白，瞪大了眼睛惊慌地盯着狄公，怔怔地坐着。半晌，才吐出一连串的问题："被人谋害了？怎么会？谁干的？她是在什么地方被……"

狄公抬手示意他镇静，冷冷地说："至于最后一个问题，你应当知道答案的，寇先生。正是你自己派她去了那个荒僻的宅子里。"

"荒僻的宅子？哪个荒僻的宅子？天哪！她怎么就不听我的劝阻。我恳求她至少告诉我去哪里，但她……"

狄公再次打断了他的话："寇先生，你最好从头说起。先喝杯茶，这对你来说肯定是个可怕的打击。但你必须立刻告诉我所有的细节，否则凶手恐怕要逍遥法外了。"

寇元梁呷了几口茶，稍微平复一下情绪，又问："究竟是谁杀的？"

"一名男子，还未抓获。"

"如何杀的？"

"被一柄匕首刺进了心脏，当即死去，没有受太多痛苦。"

寇元梁木然地点了点头，陷入了温情的回忆中："琥珀是个非凡的女子，大人。她在古董鉴赏方面极有天赋，尤其擅长辨识珍贵的玉器宝石。她常助我鉴别古董，真可以说是我的红颜知己……"他神色凄楚地望了望墙边那排雕花乌木古董柜，柜子里精心陈列着各色名瓷美玉，"所有这些都是琥珀一手布置的，她亲手制作分类标签，编写目录。四年前我将她买来时，她还是个不识字的小姑娘，跟我学了一两年之后，便能写出一手好字……"他哽咽着，痛苦地将脸埋进双手。

"你是从哪里买进她的？"狄公轻声问。

“琥珀原是唐一贯老先生府上的婢女。”

“唐一贯？”狄公惊叫起来。这正是荒宅大厅里那块匾额上的落款！而琥珀也曾告诉狄公，自己与那会面之人都对荒宅十分熟悉。他忙问：“唐一贯是不是唐迈的父亲？”

“是的，大人。琥珀是个孤儿，是唐老夫人将她抚养长大的，而且十分宠爱她。四年前，唐一贯破了产，被迫变卖了所有家产。老先生想为琥珀寻一个好人家，最后卖给了我。我膝下无儿无女，便用四锭金买下了她。我本想将她当作女儿，但她出落得一天比一天美丽动人，仪态优雅，宛若一尊精致的玉雕。”寇元梁抬手擦了擦眼角，顿了顿，又说：“可怜我的发妻多年来一直缠绵病榻。两年前，我将琥珀收作了偏房。当然我的年纪是大了些，但我俩志趣相投。”

“我完全理解。现在，你说说究竟派她去办什么事？”

寇元梁缓缓饮尽了杯中的茶，答道：

“大人，事情是这样的，琥珀将唐迈举荐给我，为我搜集古董。她非常了解唐迈，因为他俩从小一起长大。两天前，她告诉我说，唐迈得到了一件稀世珍宝，一个……一个花瓶，说是目前存世的最精美的花瓶，要价十锭金。她还说，这花瓶真正的价值远在此两倍之上，甚至更高。这花瓶既是名器，自然有不少收藏家觊觎，因此唐迈不愿让其他人知道他与我之间的这桩交易。琥珀说，唐迈答应今夜龙舟赛后在一个只有他俩知道的秘密地点将东西交给她。我让琥珀告诉我会面的地点，她无论如何不肯说。一个年轻女子，孤身一人，带着这么多钱……但她坚持要独自前往，说绝不会出什么意外。今夜，我见唐迈死了，便想到琥珀要空等一场了。我想，我到家时她也就回来了，但她却一直没回来。我真是忧心如焚，可什么也做不了，因为我连他们在哪碰面都不知道。”

狄公道：“我倒是可以告诉你，就在唐一贯的宅邸。那宅子已经废弃了，在白玉桥镇边上的树林里，荒僻得很。琥珀不知唐迈已经死了，另一个知情人冒名去了那里。正是那人杀了琥珀，抢走了金锭和那个……花瓶。那当真是个花瓶吗？寇先生。”

“唐一贯的荒宅！天哪！她为什么……她对那宅子非常熟悉，但……”他垂下了目光。

狄公锐利的目光看着寇元梁，问道：“人们为什么说那里闹鬼？”

寇元梁抬起头，惊惧地看着狄公：“闹鬼？噢，那是因为白娘娘的曼陀罗林。几百年前，那一带是树林密布的沼泽，白玉桥下的那条河也比现在要宽得多。那一带便成了膜拜河神娘娘的圣地，远近的渔民和船夫都要去朝拜。曼陀罗林那时很大，方圆几十里都是。林子当中建了一座宏伟的神庙，庙里供奉着一尊白玉雕成的娘娘像，有好几人高。每年祭典时，都要杀一名年轻男子当作她的祭品，供在祭坛上。后来，运河开凿时正好要通过这里，大片的树林随即被砍去了，只剩神庙附近的林地被保留了下来，为的是尊重当地百姓的信仰。之后，官府明令禁止用活人献祭的野蛮习俗。第二年这里便发生了地震，毁坏了神庙，庙里的长老和两个小沙弥也不幸遇难。百姓便传言说是白娘娘动了怒。于是，大家弃用了树林里的那座神庙，在白玉桥镇的河岸上又建了座新庙。从那以后，进出曼陀罗林的小道很快便长满了荒草灌木，再也没人敢进到林子里去，就连采药的人也不敢冒那个险。尽管林中的曼陀罗根茎有很高的药用价值，在药材市场上可以卖得高价。”

寇元梁眉头紧蹙，像是在整理思路。他清了清嗓子，又往茶杯里添了水，接着说道：“十年前，唐老先生开始在曼陀罗林边修建别墅。当地百姓都警告他切勿在白娘娘的圣林边大兴土木，以免惹恼了白娘娘。民工们都拒绝为他干活，说白娘娘一旦动怒便要降灾，搞得民不聊生。但唐老先生非常固执，加上他又是北方人，根本不信河神娘娘。他从邻近各乡雇了劳工，建起了别墅，然后举家搬了进去，还在里面存放了大量的青铜古器。我曾有幸参观过几回，唐老先生收藏的青铜器确实不同凡响。大人，您也知道，现在要弄到一件上乘的青铜器着实不易。可惜……”

说到这里，他停了一下，面色沉痛地摇了摇头。半晌，他又说道：

“四年前的一个夏夜，天气异常闷热。老唐和家人正坐在东亭前的小花园里纳凉，白娘娘突然显灵了。她奔出了曼陀罗林，直向他们一家扑来。老唐后来跟我描述了当时可怕的情形：白娘娘衣衫不整，套着条血迹斑斑的白裙，散开的头发遮住了大半张脸。她举着血淋淋的指爪，向他们狂奔而来，发出一声声凄厉的叫声。老唐全家顿时吓得拔腿就跑。这时，突然狂风暴雨，雷电交加。老唐他们跌跌撞撞跑到白玉桥镇，全身衣服都被树枝刮破了，个个浑身湿透，狼狈不堪。至此，老唐决意搬出那幢别墅。可是，祸不单行，第二天他便得到消息，在京城的商铺倒闭了。他只得将别墅连带周围的林地一起卖给了京城一个有钱的药材商，带着一家老小回了老家。”

狄公一面专心致志地听着寇元梁的叙述，一面慢慢捋着他那乌黑的长须。过了一会儿，他问道：“既然琥珀夫人知道白娘娘显灵的事，为何今晚还要冒险去那荒宅？”

“大人，她并不信那里真的是白娘娘显灵。她常说，那些只不过是附近百姓为了吓唬唐家而故意装神弄鬼。况且，身为女子不必害怕白娘娘。白娘娘掌管着繁衍、丰收的神秘力量，是女子的保护神。因此，百姓只拿年轻男子去供奉她的神灵，从不拿女子去祭她。”

狄公点点头，呷了几口茶，放下茶杯。突然，他厉声质问寇元梁：

“你让琥珀夫人为你去办这么危险的差事，以致她被人残忍地杀害，你必须为这起案件负责！你还敢在我面前胡言乱语，你当我真会相信天底下有哪个花瓶值十锭金？还不快快从实招来！琥珀究竟去为你买进什么？”

寇元梁慌忙站起身，躁动不安地来回踱步。最后，他像是下定了很大的决心，在狄公面前停住脚步，又回头忧心忡忡地看了眼房门，这才弯下腰凑近了狄公耳边，低声说道：“我要买进的是那颗名动天下的御珠。”

六

狄公怔怔注视着激动的寇元梁，突然一拳打在桌子上，厉声道：

“大胆寇元梁！还不肯说实话！你竟敢拿御珠的鬼话来戏弄我！我年幼时家中的保姆就常用御珠的传说哄我睡觉，如今你竟拿这哄孩童的故事来诓骗本官！”狄公气得直吹胡子。

寇元梁坐下，用衣袖拭了拭额头的汗珠，正色道：

“大人，此事千真万确，我可以发誓！琥珀亲眼见过这御珠，鸽子蛋大小，通体圆润无瑕，莹莹生光。琥珀说谁见了都会赞不绝口。”

“那么，唐迈又是用什么高明的手段将这皇家瑰宝弄到手的呢？”狄公嘲讽道。

寇元梁往前凑了凑，答道：

“唐迈是从租所隔壁的贫苦老婆子手里得到的这颗御珠。他曾帮了老婆子一个大忙，老婆子临死前便将珠子送给了唐迈作为报答。这老婆子无亲无故，临死前才将这个由她家族严守了三代的惊天大秘密吐露了出来。”

“所以说，这里面还有个古老的家族秘密！”狄公将信将疑，“你倒说来听听。”

“大人，这故事虽然离奇，但却是真实的。那老婆子的外祖母原是皇宫里的一名厨娘。老婆子的母亲三岁那年，波斯国的使臣将这颗宝珠献给了当今圣上的祖父高祖皇帝。高祖皇帝在皇后娘娘的生日庆典上将它赐给了娘娘，以示恩宠。这个皇恩浩荡的赏赐轰动了整个后宫。宴会结束后，所有的嫔妃贵妇都围着皇后娘娘，争求一睹那稀世之宝的光彩。那三岁的小女孩正在宫门外的台阶上玩耍，听见殿内煞是热闹，便悄悄溜了进去。她见那颗御珠放在案几上的一个织锦软垫上，觉得好玩，便趁众人不察拿起珠子含进嘴里，偷偷跑了出去。她想将珠子带到御花园去玩。之后，皇后发现御珠丢失，便马上召集宦官和后宫侍卫，关闭所有宫门，每个人都被搜了身。但是，没人怀疑到那个正在御花园里玩耍的小女孩。皇后认为最有嫌疑的四名宫女被折磨致死，几十个太监被重重鞭笞。然而，御珠还是没有找到。当晚皇上得知此事，便派了内廷总管对后宫进行了一次最彻底的搜查。”

寇元梁直讲得两颊晕红，完全陶醉在这个惊险离奇的古老传说里，激动的情绪令他暂时忘却了悲痛。他匆匆啜了口茶，接着道：

“第二天一早，厨娘发现她女儿嘴里吮吸着什么，便责骂她在御膳房偷吃了什么甜点。小女孩天真地将御珠吐出来给母亲看。厨娘吓得魂飞魄散。即使她那时交回御珠并说明真相，也还是逃不过满门抄斩的极刑，那四个宫女无辜冤死的账也要算到她头上。于是她横下心来，偷偷藏起了御珠。

搜索持续了数天，连大理寺的官员也被调来协助调查。皇上许下巨额悬赏，寻找能破此悬案的人才，四海之内的大小城郭都贴满了告示榜文。此事很快传遍了全国。文武百官想尽各种法子，但御珠的去向还是成了谜。

厨娘一直小心保管着御珠，直到临死前才将珠子给了老婆子的母亲——当年盗取御珠的小女孩，要她发誓保守秘密。老婆子的母亲后来嫁给了一个负债累累的穷木匠，一辈子过着贫苦的生活。大人，你可以想象，他们的一生是如何担惊受怕，万般煎熬的。他们手握巨大的财富，却没有任何用处，他们不敢将它换成金钱来改善自己的生活。没有一个商人敢染指那颗御珠，因为一旦被人告到官府就会招来杀身之祸。况且，害四名宫女无辜惨死、盗窃皇家财宝，桩桩都是满门抄斩的重罪。另一方面，她们也不舍得将御珠扔掉或者用其他办法摆脱这可怕的困扰。这颗珠子注定要折磨那些不幸持有它的人。老婆子的丈夫去世时，她还很年轻，只得靠帮人洗衣服艰难维生。她从不敢将御珠之事告诉任何人，一直等到所有的亲属都死了，她自己也身患绝症，才将御珠拿出来送给了唐迈。”

寇元梁说完了，恳切地望着狄公，希望他会相信这一切。

狄公不置一词。他在想，寇元梁所说的故事或许是对这桩百年悬案最明白的解释，多少聪明人却为此迷惑了这么长时间。当时，皇后娘娘身边围了一大群妃嫔贵妇，她们兴致勃勃地谈天说地，又个个都穿着奢华繁复的曳地长裙，任谁都很难注意到寝殿里溜进个小女孩。这倒也解释得通。不过，这也可能只是个精心编造的谎言。

沉默了半晌，狄公平静地问道：

“为什么唐迈不将这御珠还给朝廷？官府轻易就能查清那老妇人的身世族谱，如果她真是那个厨娘的后代，朝廷会重重奖赏唐迈，远远超过你这十锭金。”

“大人，唐迈终究只是个外乡来的书生，他担心官府不相信他的话，反而会将他关进大牢。因此，这么安排倒是更稳妥一些：他得到十锭金，而我将会把这颗长期失落在外的御珠奉还给朝廷。”

狄公观察着寇元梁真诚的表情，内心仍有疑虑，不太相信寇元梁会像他自己所说的这般大公无私。狂热的古董收藏家往往都没什么道德感。狄公猜想寇元梁多半会自己偷偷藏起那颗御珠，后半生里自己窃窃自喜地赏玩。

狄公冷冷地说：“你称这是稳妥的安排，在我看来你是不及时上报皇家窃案的重要线索，是要承担罪责的。琥珀将这事告诉你的时候，你早就该及时禀报我了。如今，你已一手造成了御珠的失踪，祈祷最后能找回御珠则你的罪过会轻一些。我将尽一切手段找出那个凶手并追回失落的御珠。若那御珠是件赝品，这个故事也不过是个骗局，那就算你走运，免了牢狱之灾。”寇元梁还想辩解，被狄公一口打断。

狄公站起身来，说道：“寇相公，我再最后问你，唐迈可曾与你说起过，他修葺了老宅中的那间亭阁用来存放他收购来的古董？”

“不，大人，他从未提起过此事。我相信就连琥珀也不知道这事。”

“嗯。”狄公转身欲走，突然停住了。一个身材修长，容貌端庄的美妇人一声不吭地站在书斋门口。

寇元梁慌忙走上前去，拉着她的胳膊，柔声道：“快回房去，金莲，你的病还没好呢！”那妇人似乎没听见他的话。

狄公走到门口，见那妇人三十上下年纪，美貌绝伦。小巧高挺的鼻梁，精致玲珑的樱唇，一对柳叶弯眉更是给整张脸增添了优雅的风致。但奇怪的是她脸上不见丝毫波动，一双美目黯淡无光，茫然无神地望着前方。她身穿玄缎长裙，两条水袖坠在身侧，显得飘逸绝尘，腰间束着宽腰封，衬出柳腰纤纤，胸脯饱满。油润乌黑的秀发简单地梳在脑后，上面簪着一朵金丝攒成的小小莲花。

“大人，拙荆精神有些恍惚，请勿见怪。”寇元梁痛心地低语道，“几年前，一场高烧夺去了她的神智。平日里她总待在自己房中，今晚一定是她的侍女疏忽了，让她独自跑了出来。全家上下都在为琥珀的失踪而焦虑难安。”

他又弯下身去对妻子说了几句温存的话，但金莲并没有理会他，仍是直愣愣地注视着前方，自顾自举起凝脂般莹白的纤纤玉手缓缓抚摸着自己的秀发。

狄公怜悯地看了看眼前这举止怪异的妇人，对寇元梁说：“好好照看尊夫人，不必送我了。”

七

狄公骑马回到衙门已近午夜时分。他勒住马，向前探出身子，用鞭柄敲了敲包铁皮的大门，两个守卫应声将沉重的大门打开。狄公在前院中央的石拱门处下了马，把缰绳递给了睡眼惺忪的马夫。他抬头看见书斋的窗户里还透着烛火的亮光，便提起马鞍袋直奔书斋去了。

洪参军正坐在狄公那大书案前的凳子上，借着蜡烛的亮光阅读公文。他一看狄公进来，急忙站起身来焦急地问："大人，白玉桥镇上发生了什么？半个时辰前，那儿的里正率领几个民丁将一具女尸运到衙门。我便命仵作验尸，这是他写的尸格。"

狄公接过尸格站在书案边匆匆扫了一遍，尸格上说死者系一年轻的已婚女子，死于匕首穿心。死者无身体缺陷，但双肩有几处疤痕，具体是如何伤的尚不清楚。她已有三个月的身孕。

狄公将尸格还给洪参军，在书案后的太师椅上坐下。他将马鞍袋放到书案上，靠在椅背上问道："班头将谢光带来了吗？就是唐迈的那个朋友。"

"没有，大人。班头一个时辰前就回来了，他报告说谢光还没回到住处。谢光的房东告诉班头不必等候，因为谢光起居不定，一两天不回住所是常有的事。班头搜查了唐迈与谢光合租的那间阁楼，就回衙了。他派了两名衙役在那儿守着，只要谢光一露面就逮捕他。"

洪参军清了清嗓子，接着道："我和欧阳先生长谈了一番，他对唐迈的评价并不高，与卞葭、寇元梁二人的说法大有出入。他说唐迈和谢光读书并不勤奋，且行为颇不检点。他俩纵情声色，还经常干一些不明不白的买卖。他们频频逃学，尤其是近几个月，书院里根本见不着他俩的影子。欧阳先生说他并不为这两人的自甘堕落而感到扼腕，有他俩在会带坏整个书院的风气。他只是觉得愧对唐老先生。唐老先生是个有学问、有涵养的绅士。至于谢光，他的父母都在京城。欧阳先生推测正是因为他行为不检，自甘堕落，他的父母已经不认他了。"

狄公点点头，坐直了身子，提起马鞍袋将里面的东西一股脑儿倒在书案上。他先将手帕包裹的两柄凶器放到一旁，然后拿起另一团手帕包裹，解开四角，让那只乌龟爬了出来。它向前爬了一截，骨碌碌的小眼睛在烛光下眨了眨，又缩回了壳里。洪参军惊奇地盯着乌龟，一时不知道说什么。

"若你去给我泡杯热茶来，"狄公疲惫地笑笑，"我就告诉你，我是在哪儿又是如何遇到这个小伙计的。”

洪参军起身去墙角的茶桌前沏茶，狄公走到后窗前，探出身子将乌龟放到后花园的假山怪石间。

狄公坐下来，呷了一口热茶，将郊外荒宅内的遭遇一五一十地告诉了洪参军。说到一半，南门校尉进来报告说四面城门已全部关闭，并不见什么新受刀伤的人进出。待校尉告退之后，狄公又说了在寇府与寇元梁会面的事情。

他总结道：“因此，显然这两宗谋杀案是有联系的，这里面可以有两种截然不同的猜测。我先跟你说个大概轮廓，你拟定一个具体的探案程序。”

狄公喝干了杯子里的茶，润了润嗓子，接着道：“首先，让我们假设寇元梁所说的一切属实。那么此案便有两种可能。第一种可能，毒死唐迈的人事先得知了御珠的交易，为了盗取御珠、夺取金锭，他先毒杀了唐迈，然后冒名去荒宅赴琥珀的约。不料琥珀竟用刀自卫，他便杀死了琥珀，或者说他原本就打算杀人灭口。第二种可能的概率小一些，冒名去赴琥珀之约的凶手与毒死唐迈之事无关，他只是恰巧提前知道了今夜在荒宅中的交易。当他听说唐迈在龙船赛时突然暴毙，才决定顶替唐迈去赴约。目的同样也是为了盗取御珠和金锭。在这种情况下，凶手杀死琥珀就是个意外。因为盗窃犯与谋杀犯的作案动机不同，一般不轻易杀人。”

狄公顿了顿，徐徐捻着胡子，又继续道：“我的第二个猜测，寇元梁的话真假参半。他自称不知道琥珀与唐迈约会的地点，若这是谎话，那么，寇元梁就有很大的嫌疑策划了这两起谋杀案，先后杀害了唐迈和琥珀。”

“这怎么可能？大人。”洪参军惊叫起来。

“你可别忘了，唐迈与琥珀从小一起长大，可谓青梅竹马。唐迈英俊潇洒，一表人才，琥珀聪颖美丽，优雅迷人。假设他们两人早已情愫暗生，无奈唐老先生反对爱子与家中婢女相恋，多年来他们只得暗中私会。直到琥珀被卖入寇府之后，他们仍保持着旧情。”

“若真是这样，琥珀也太不识好歹，辜负了寇相公的厚爱！”

“洪亮，沉溺于情爱的女子所作所为往往叫人难以理解。尽管寇元梁也是相貌堂堂，保养得当，但总归是比琥珀大了二十来岁。尸格显示琥珀已有身孕，这孩子多半就是唐迈的。寇元梁发现琥珀背叛了自己，但他不动声色，暗中伺机报复。当琥珀告诉他唐迈有意要卖御珠的时候，他知道机会来了，他可以趁机将这两人一并杀死。既能拿回他的金锭，又可得到御珠，这真是一石三鸟的大好机会。寇元梁在白玉桥镇的酒店宴请船员时，有的是机会向唐迈下毒。除掉唐迈之后，他只要雇一个暴徒去荒宅赴约，命他杀死琥珀，抢回金锭并找出唐迈藏在亭阁中的御珠。但是，我再强调一遍，这只是我的两个猜测，还没有证据可以证明。我们必须深入挖掘这几个涉案嫌疑人的背景，拿到切实的证据，才能够目标明确地开展侦办。”

洪参军缓缓点头，忧心忡忡地说道：“大人，无论如何我们要想办法找到那颗御珠。您出乎意料的出现，使得凶手仓皇逃走，御珠必定还在亭阁里。我们现在就去荒宅中寻找御珠吧？”

“不，不必了。我已命令白玉桥镇的里正在那里布置了严密的守卫。明天一早我们再去不迟，大白天也更便于搜查。但是，也有可能唐迈早将御珠带在了身上。他的衣服在这里吗？”

洪参军从靠墙的案几上取过一个贴了封条的大包裹。狄公撕开封条，与洪参军一起仔仔细细地搜查了唐迈的衣物。他们把每道褶皱缝口都摸了一遍，洪参军还剪开了鞋帮，但一无所获。洪参军只好将衣服重新包好，贴上新的封条。

狄公默默地喝了杯茶，缓缓开口道：“这两起谋杀案与皇家御珠的失窃联系在一起，使得案情更加复杂了。洪亮，此刻要评判寇元梁的为人品性也很不容易。我真想再多了解一些他的为人。只可惜最知情的人——他妻子金莲得了精神错乱之症。你知不知道她是什么时候得病的？”

“这件事情当时传得沸沸扬扬。四年前的一个晚上，金莲夫人独自出门去附近探访一个朋友，谁知在半路突发高烧，精神涣散，理智全失。她迷迷糊糊地在城里乱逛，最后出了东门，在荒野里过了一夜。第二天早上，附近的农夫发现她躺在田埂边的野草里，人事不知。寇府的人得信，急忙把人接回了家。听说她回去之后大病一场，几个月都不见好。后来病是好了，但脑子也烧坏了。”

洪参军陷入了沉默，若有所思地捋着灰白的胡须，接着道：“大人，您在提到第一个假设的时候说到唐迈之死可能与御珠无关。我想起陶干曾跟我提到过，龙舟赛上普通百姓虽然都只赌赌小钱，但一些有钱的商人和掌柜们押得可就大了。陶干说有时候赌的大了，还会有地痞无赖使各种卑鄙手段。今晚，大多数的人都押卞大夫的船羸。那如果有个无赖事先知道卞大夫船上的鼓手会出事，他就可以把钱押到对家，从而大赚一笔。可能正是这么一个无赖毒死了唐迈。”

“不错，”狄公表示赞同，“你说的这个可能性我们也不能忽略。”

一阵敲门声，班头走进书斋，恭敬地呈上一个厚信封，禀报说：“大人，我搜查那两名书生的住所时，在谢光的衣柜里发现了这个信封。唐迈的衣柜里只有几件旧衣，不见什么纸片书信。”

“好的，你回去休息吧。”

狄公撕开信封，抽出了三张纸。第一张是谢光考取秀才的凭书，上面说谢光通过了院试。第二张是他在浦阳城的居住证。狄公打开第三张纸，激动得瞪大了眼睛。他将纸放到书案上细细抚平褶皱，又凑近烛光仔细看了看，兴奋地叫道：“看，我们找到了什么！”

洪参军急忙凑过来，见是一幅城南郊外的地图。狄公指着地图说：“这儿是曼陀罗林，林子边的这个矩形就是唐一贯的别墅。你看别墅里只标出了东面亭阁的方位，这说明谢光也卷入了御珠交易中！我们必须抓住这家伙！越快越好！”

“大人，谢光很可能就躲藏在城里的某个角落。我们的老朋友申八，在三教九流的地界算是个大人物，他准能找出谢光的藏身之处！”

“对！我们可以问他。我曾让他做了乞丐的头领，从那以后他对官府办差十分配合。”

“可惜这人古怪得很，平时不见人影，只有深更半夜才在家。那时他手下的乞丐们都要去他那儿集合，交纳当天乞讨的份子钱。大人，我得立刻去找他。”

“不行！你忙了一天累坏了，先去休息！”

“大人，今晚不去就要多耽误整整一天！而且我去是最合适的，我对这老叫花的那些狡诈手段很是了解。在您手下的几个副官里面，他对我也比较欣赏，他曾私下跟我说马荣和乔泰二人是无赖恶霸，而陶干是个卑鄙小人。”

“这倒有意思了，从申八嘴里说出这种话。”狄公听得忍俊不禁，“你既坚持要去，那就快去快回。但是要坐着官轿去，再带上四名衙差，申八住的地方鱼龙混杂，不安全。”

洪参军出门后，狄公又喝了杯茶。实际上这个案子令他忧心如焚，刚才在洪参军面前他尽量克制了自己的情绪。一个穷书生的死竟牵连出百年前的皇家失窃的御珠。他必须尽快破案，将御珠之事上报朝廷，此事拖延不得。狄公深深叹了口气，站起身来，一面思考着破案之法，一面向衙门后院的私宅走去。

狄公想这个时候妻妾们应该早就睡下了，他不愿吵醒她们，打算在书斋的躺椅上将就一夜。谁料一跨进内院，便听见阵阵笑语从女眷们的厢房里传来。狄公望着灯火通明的厢房一脸错愕，老管家解释道：“老爷，今晚鲍将军和王大人的两位夫人来府上串门，大夫人留她们一起打麻将呢。大夫人还吩咐小人，见老爷回府就去禀报。”

“请大夫人到前厅来。”

大夫人一进门，就急忙问道：“龙舟赛没出什么事吧？”

“发生了一件棘手的大案，必须立刻处置。叫你来是告诉你别等我了，今晚我实在乏累，这就打算去书斋休息，管家会照料我的。”

他们互问了晚安，大夫人转身要走，狄公突然问：“那张白板后来找着了吗？”

“没找着。我们猜想是掉到河里去了。”

“不可能？我们的麻将桌放在甲板正中心，那张牌怎么能掉到河里去？”

大夫人抬了抬手，半开玩笑地说：“我俩做了那么多年的夫妻，你向来不会为这种小事乱发脾气，如今你该不会变了吧？”

“放心，我不会的。”狄公对大夫人笑了笑，回书斋去了。

八

乞丐头目申八的小酒馆就在关公庙后一条破败的小巷里。店里吵吵嚷嚷，挤满了乞丐、闲汉，弥漫着熏人的汗臭和劣质酒的酸味。洪参军好不容易才挤到店堂后的柜台边。

两个脏衣烂衫的凶汉正面对面站在那里大声吵骂，申八懒洋洋斜倚着柜台边观战。他生得人高马大，上身挂着一件破烂的黑坎肩，下面松松垮垮套着条脏裤子，两条粗壮的胳膊交叉在胸前。亮光光的脑门上系着根破布条，胡子拉碴，油腻腻一直垂到胸前。申八烦躁地看了一会，突然放下胳膊紧了紧裤腰带，一把抓住那两人的后领，把两颗脑袋对着狠狠撞了两下。见申八松手放开两个大汉，洪参军赶紧上前致意：

“申八老弟，久违了。我知道你为打理帮内事物忙得不可开

洪亮向申八打探消息（高罗佩　绘）

交，轻易不愿来打扰你。但这次实在是遇上了急事，非要见见老弟了。”

申八狐疑地看了看洪参军，嘀咕道：“洪长官，真是稀客！看我病恹恹的窝囊样，不中用喽。恕小弟疏于礼数，快快请坐，喝两杯？”

说着，申八引洪参军在店堂角落里一张摇摇晃晃的小桌边坐下，伙计应声端上两碗呛人的浊酒。洪参军笑着说道：“多谢老弟款待。我不敢叨扰太久，这就直说了。今日来此是想向你打听点消息。你可知道两个外地来的书生，一个叫唐迈，另一个脸上有道刀疤，叫谢光。”

申八搔了搔袒露的大肚皮，沉默良久，才缓缓开口：“读书人？洪长官，我从不跟读书人打交道。读书人从书上学来不知多少腌臜手段，比不识字的恶棍还要坏得多。他们自己招来什么麻烦都是活该！我绝不会跟这帮人有半点关系。”

“老弟竟没听说？其中一个叫唐迈的，在龙舟赛上死了。”

“愿他升上西天！”申八装模作样道。

“你没去看赛船？”

“我？我不去那儿赌钱，赌不起。”

“别说笑了，几文铜钱赌不起？”

“几文铜钱？长官可知道押九号船的人输了多少？倒霉的卞大夫，如果他也下注了，那真是够惨的。我手下的人说他最近手头很紧。”申八低头看着手中的酒杯，又说：“赌注一大，就会出意外。”

“卞大夫的船输了，谁赢了大钱？”

申八抬了抬眼皮，慢慢说道：“这就不好说了。押注的都是些老狐狸，从不失手！赛船前早就买通了层层关节，使尽了各种手段，天知道这钱最后进了谁的腰包！反正我是不知道。”

“狄大人很想知道赢家是谁，因为这牵涉他正在侦办的一起凶案。”

“或许与你刚才提到的读书人有关，”申八沮丧地摇摇头，再次拒绝道，“请洪长官见谅，我实在无法效劳。”

洪参军故意诱导说：“谁能提供消息，狄大人重重有赏。”

申八瞪大了眼睛。“狄大人？”他欣喜地惊叫一声，“你怎么不早说是狄大人想知道！你看小弟我何时推脱过官府的差事？你明天顺道来这里一趟，或许我会探听到一些消息。”

洪参军点点头，打算起身告辞。申八蒲扇大的手掌拉住了他的胳膊，责备似的说道：“急什么？洪长官，说句真心话，小弟我最是敬重你！你是条堂堂正正的汉子。别说是我，全城的百姓都敬重你。”

洪参军心里苦笑，知道申八这是在问他讨要赏钱。他一面缩手在袖子里摸索铜钱，一面说着自谦的话。

申八打断他说：“长官何必自谦，事实就是事实！你阅历深广，智慧过人。我这里有件小事想托你帮忙。”见洪参军黑了脸，他忙补充道：“你千万别拒绝小弟这个小小的请求！我已经病得不行了。”

“你看起来好得很！”洪参军回道。

“这病表面上看不出来。它在这儿，就在我的胃里。”说着，他肚子里发出一串咕噜声，接着又是打了个响亮的饱嗝，

“你看，我的胃里得了要命的病哩。”

“你到底怎么了？”

申八挨近了洪参军，粗哑的嗓音低声道：“一个女人！”

洪参军收起了打趣挖苦的神色，淡淡问道：“是哪位淑女这么好福气？”

“对！她就是个淑女，”申八得意地说，“早年曾入选后宫。她真是个温雅标致、多愁善感的美人儿。因此，我必须……必须万分谨慎地追求她。”

洪参军心中警觉，锐利的目光盯着申八，问道：“这件事是不是与一颗明珠有关？”

“对极了！长官总是能一语中的。她正是一颗明珠！千千万万女子中最耀眼的明珠。请你去看看她，替我美言几句。千万小心，不要多说，也不要少说！”

洪参军听得一头雾水，原来这事与失窃的御珠毫不相干。他犹豫了一下，问道：“你是想让我代你去说媒？”

“噢，不是！哪能那么快？”申八慌忙否认，“长官深知小弟家中的境况，我付不起……呃……赡养费，这么说你懂的。我这样的人也有原则要遵守不是？”

“我不明白了！”洪参军愠怒道，“你究竟要我做什么？”

“就拜托长官去她那里为我美言几句，仅此而已。就替我简单说几句，别说多了，也别说少了。”

“这我当然乐意效劳。只是不知要去哪儿找她？”

“长官去关公庙前打听梁紫兰小姐的住处，没有不知道的。”

洪参军起身道：“近日公务繁忙，但我会尽快抽空替你跑一趟的，你且耐心等个一两天。”

“长官最好明天一早就去。噢，我想起来了，那两个家伙，唐迈、谢光，我没叫错吧？这两人也常去梁小姐那里，你正好可以问问她关于那两人的事。洪长官，你千万记住态度要温和。她是个文雅的女子，曾经……”

“知道了，曾入选后宫。放心吧，申八，明天这个时候我再来找你。”

九

第二天早膳过后，洪参军走进书斋，见狄公正站在大书案前用嫩叶喂那只乌龟。

狄公见了洪参军便赞叹道：“这小东西的味觉真是灵敏！这些嫩叶对我们而言没什么气味，但你看它！”

狄公在椅子上放了几片嫩叶，那乌龟刚爬过书案上的一本书，很快抬起头来，向椅子爬去。狄公又将嫩叶放到它嘴前，乌龟津津有味地嚼了起来。狄公打开窗子，将乌龟放回小花园的假山怪石之中。接着他在书案后坐下，轻快地问：“洪亮，昨晚的事情怎么样？”

洪参军细细回禀了与申八会面的详情，最后说道：“申八显然已经知道了唐迈之死有什么蹊跷，他听说卞大夫船上押的巨额赌注被人设了圈套。他说卞大夫最近手头很拮据，甚至怀疑是卞大夫故意输了船赛，从而赢得一大笔赌金。”

狄公挑起了眉毛：“他真这么说？这么听来卞大夫也有不小的嫌疑。我印象里他是个刚正不阿、值得尊敬的大夫，长得也是仪表堂堂。不过，昨天他坚称唐迈的死因是心疾猝发，倒是颇为可疑。你还听到什么关于卞葭的传闻吗？”

“没有，大人。卞葭是本城颇有声望的名医。申八这话未必可信。我敢打包票这老叫花还知道不少关于唐迈和谢光的事，只是不肯说出来，倒像是有什么隐情。”

狄公点点头：“显然，他是想让我们去问梁小姐，我们今天上午就去找她。谢光还没露面吗？我想先见了谢光再去找梁小姐，听听她对谢光、唐迈的评价。”

“刚才衙役说监视谢光寓所的衙役来报，谢光至今没有露面。”洪参军沉吟了一会儿，又说：“大人，申八谈起梁小姐的时候，提到她曾在宫里当差。会不会是申八从哪得到了御珠交易的风声，而故意误导我，其实梁小姐才是知情人？否则他为何三番五次跟我强调梁小姐曾入选后宫——这显然是胡扯！”

狄公不以为然道：“后宫雇用成百上千的女子，那些打扫宫殿的、洗衣洗菜的都说自己入选后宫。洪亮，你最好别让这莫须有的御珠干扰了思路。我已经断定御珠的传说从头至尾就是个骗局！”

洪参军张了张嘴正待分辩，狄公又紧接着道：“这就是个骗局！我昨晚一夜没睡着，将这个故事反复推敲了很久，一遍又一遍地想御珠是如何失窃的，最后又是如何到了唐迈手里的。最后我得出结论：这颗御珠根本就不存在！你仔细听我分析！昨晚我跟你说过，唐迈和琥珀很可能早有私情。两个月前，琥珀告诉唐迈她有了身孕，孩子是唐迈的。两人意识到这事很快就要瞒不住了，于是决定私奔。但要怎么拿到足够的钱呢？两人就精心编造了这个御珠的故事。琥珀回府告诉寇元梁说唐迈得到了百余年前皇宫失窃的那颗御珠，藏在一个隐秘的地方。她提出由她单独带一大笔钱去找唐迈买下御珠。按计划，这对野鸳鸯将在荒宅的亭阁里会面，然后带着那十锭金远走高飞。真是个狡猾的诡计！但他们却不知道寇元梁早就知道了他俩的奸情，只等着适当的时机来实行他的报复。老谋深算的寇元梁怎么会猜不到他二人会面的地方必定是在那荒僻的旧宅。他假装听信了琥珀的谎言，暗中设计毒死了唐迈，又雇了个亡命之徒去亭阁里杀死琥珀，夺回金锭。洪亮，你觉得我的推断如何？”

洪参军面带迟疑，缓缓答道：“大人，昨晚我克制住了自己，没有对你的这一猜测表达明确的看法，因为当时我们正在推测各种可能性。但现在你既已断定寇元梁就是凶手，我必须直言我实在不相信寇元梁这样一个温文尔雅的绅士会犯下如此凶残的罪行。何况这案子还有诸多嫌疑，刚才我就提到了卞葭和他的——”

“人一旦被嫉妒蒙蔽了良心还有什么做不出来！”狄公打断了洪参军，“先不讨论这个，我们赶紧去荒宅搜查。我相信这颗御珠并不存在，我主要是想在白天再去案发的亭阁查探一番。而且早上出去骑骑马对身体也好。等回城时，如果谢光还没找到，我们就直接去梁小姐处，看看她是否能提供些有关谢光的线索。

无论如何，我都要在上午升堂之前找到谢光并向他问话。”

狄公起身，他的目光正好落在乌龟爬过的那册书上。

“对了，洪亮，我昨晚睡不踏实，索性天不亮就起来了。读了本书，很有趣哩！这是我前两天从档案馆借来的。”

狄公拿起书，打开到夹着书签的那一页，说道：“这是一本记载本地风土人情的书，作者也是浦阳城的县令，大约五十年前他自己刊印的。这位县令对本地的历史掌故很感兴趣。一天，他去探访了曼陀罗林里的那座河神娘娘庙，那时候林间还有小径通往庙前。他留下了这样的记载：‘门楼和四面围墙均毁于地震，唯余正殿与神像完好无损，矗立依旧。神像高约丈余，立于台基之上。台基、神像及像前祭坛俱由一块汉白玉石雕琢而成，巧夺天工。’”

狄公把书凑近了，指着说：“这里有条旁注：‘本书刊印十年后我游览此庙，见祭坛与神像分离，系由两块玉石雕成，此处当属作者误识。尝闻祭坛中空，昔日庙祝藏黄金法器于其中，遂命工匠撬开基石与祭坛之间水泥，不见中空暗格之类。浦阳县令汪鹤洋识。’”

狄公道：“汪鹤洋为官正直谨慎，他的话当是可信的。我们再来看这书上的描述：‘神像左手食指佩一红宝石指环，鸽子蛋大小，其色猩红欲滴。村民称之为邪灵之目，常人佩戴则招致灾祸，是以无人敢盗。祭坛四角各有一孔以系绳索。每年五月初五，皆从百姓之中遴选青壮男子作为祭品。袒露其上身，四肢缚以绳索，固定于四角，使仰卧祭坛之上。吉时，祭司以玉石匕首断其血脉，热血四溅，喷洒女神石像。继而，百姓敲锣打鼓，抬尸体至河岸，献祭于滚滚波涛之中。邪风陋俗，惨无人道。幸而本朝开风气、施仁政，凶祭得以禁绝。传说神像终年湿润，我特意观察，果见表面水汽凝结。盖由自然雨露抑或鬼神显灵所致，等待学识广博的读者给出答案。这残破的庙殿内气氛诡谲，令人悚然，我草草结束了这次探访。临走，我从颓圮的围墙上取了一块旧砖，带回留念。’这就是书上的记载。这庙里必有玄机！”狄公将书放到案上，走到院子里，令班头牵来两匹骏马。

狄公和洪参军策马飞驰，自南门出了城。天清气爽，运河上笼罩着一层着氤氲的水汽。二人一路行来只觉心怡神驰，很快便到了白玉桥。

他们先去镇上见了里正。里正禀告狄公：看守荒宅的民丁战战兢兢守了一夜，天亮才回来。有的说听到曼陀罗林里有可怕的低语声，有的说看到一个惨白的身影在树林间飘荡。民丁们吓得整夜不敢合眼，在亭阁前的小花园里挤作一团，好歹挨到了天亮。里正又说，民丁移走了琥珀夫人的尸体后，他就关严了亭阁的门，并贴上了封条。

狄公点了点头，表示赞许，又命洪参军牵过马，两人朝荒宅驰去。一路上，街道渐渐喧闹起来，小贩们忙着支起摊子，早市开始了。拐进曼陀罗林，不一会儿便到了荒宅前的那株老松树下。两人下马将缰绳拴在多瘤的树干上，向着荒宅的门楼走去。

狄公发现从古树到门楼原来并没有多少路，昨晚心神戒备，路又陌生，好像走了不少时间。很快，那风雨侵蚀的门楼和爬满藤蔓的院墙便立在他们眼前了。

他们走进大门，穿过圆门洞，刚要跨进小花园，狄公突然停住了脚步，一把拉住洪参军——一个身高肩宽的黑衣人正站在亭阁前，背对着他们。亭阁的门半敞着，门上的封条撕开了，碎纸条在晨风中瑟瑟飘动。

“你是谁？来这里干什么？”狄公大声喝问。

那黑衣人转过身来，神态倨傲地将狄公二人上下打量了一番。狄公见他生着一张和气的圆脸，颔下蓄着一圈短短的胡髭。

黑衣人不卑不亢地说：“阁下言语粗暴，我若针锋相对恐怕免不了一番冲突。阁下刚才的喝问正气凛然，但这话恐怕该我问二位，因为是你们闯入了我的地产。”

狄公不愿多做纠缠，厉声道：“我是本县县令，来此侦办一桩凶案。还不快说！”

那人听了慌忙鞠躬谢罪，谦恭有礼地答道：“小人郭敏，是从京城来的药材商。四年前，小人从唐一贯手中买下了这处宅子。”

“昨夜此处发生了凶案，我要查验你的身份。”

郭敏深深一揖，从衣袖里掏出一个纸卷，呈给狄公。纸卷里是一张身份证明和一张附有湖畔居详细地图的房契，签发日期是四年前。

狄公将身份证明和房契还给郭敏，问道：“先生为何擅自将门上的封条揭去？难道不知这是犯法的吗？”

“绝非小人所为！我来时亭阁的门就开着。” 郭敏辩解道，带着几分愠怒。

“那你又为何不早不晚偏在这不寻常的时刻来到这里？”

“我为何来到这里？这故事就长了。若大人有耐心，我便细细讲来——”

“只说个大概！”狄公有些不耐烦。

“事情是这样的，四年前，我的客户卞葭写信告诉我这处房产要出售，价格非常诱人，他便劝我买下来。因为我经营药材生意，别墅附近的一大片曼陀罗林里有我急需收购的药材。大人想必知道，曼陀罗根是一味昂贵的中药材。于是我便买下了这湖畔居。前几年我的铺子里不缺曼陀罗根，我买下后也就不曾来看过。直到两年前，我才派了个管家来看护这处宅院。后来卞葭写信给我，说这里遇上了旱灾，警告我暂且别去采掘曼陀罗根，以免惹恼本地的村民。这曼陀罗林早已奉献给了白娘娘，她会——”

“别扯白娘娘！直接说说你为何来此！”狄公打断了他。

“是，大人。接下来两年，我忙于打理生意，实在腾不出时间来这里看看。昨天一早，我的商船经过白玉桥镇，我才猛然想起附近的这片产业，于是——”

“你来白玉桥镇干吗？游山玩水不成？”

郭敏被问得有些局促：“哪里，是件棘手的买卖，我在运河北面有间铺子出了点事。三天前，我带着得力的伙计孙强，雇了条船便急忙上路。一路上不敢耽搁，不料昨日到了白玉桥镇，船夫们听说晚上有龙舟赛，便要在这里留宿一晚看个热闹。于是我只好借机来这宅子看看。我给卞葭捎了信，希望他昨天中午到白玉桥镇来一趟，带我参观湖畔居，他回复说忙着准备龙舟赛脱不开身。昨天下午，他来我船上匆匆喝了杯茶，同我约好了今早在这里碰头。我一大早就来了，因为我想尽快动身北上。此刻我正在等候卞葭，没想到有幸遇见大人。”

见狄公将信将疑，郭敏慢悠悠道：“昨天傍晚，卞大夫带我去了白玉桥镇的酒肆，他在那儿宴请赛船的水手。晚餐后，他又带我沿着运河散步到了赛船终点的看台下。他忙着处理龙舟赛的事，我只好独自在河边闲逛。有个路人指给我看大人的官船，我便斗胆上了船，我与浦阳多有生意往来，便想借机拜访大人，聊表敬意。上了船头没人替我禀报，大人正和夫人们倚着船舷看风景，我不愿扰了贵人们的雅兴，便悄悄退了下来，正遇上大人府上的管家。他要为我禀报，我说我不想打扰大人了。”

狄公若有所悟，原来郭敏就是昨晚老管家提到的神秘访客。他问：“那么，郭掌柜，你的伙计孙强没有跟你在一起？”

“大人，他昨晚身体不适，很早便回舱室休息了。我看完赛船租了匹马回到白玉桥镇，船夫们还在外面逛荡，我便沏了壶茶喝，歇了一会才进舱睡觉。”

“郭掌柜，感谢坦诚相告。我再问你，你为何单单修葺了那个亭阁？”

郭敏瞪大了双眼，一脸惊愕。“修葺？大人是指拆毁吧！”

狄公闻言快步走上台阶，洪参军和郭敏紧随其后。进了亭阁的门，狄公环顾四周，简直不敢置信。大块大块的墙泥剥落下来，露出里面的红砖，半面吊顶已经陷落，地上的花砖被一一翻起，就连竹榻的四条腿都被劈开了。

突然身后有人发问：“你们在亭阁里做什么？”

狄公回头，皱着眉头说：“呵，是卞大夫。有人闯进这亭阁大闹了一番，我们正在检查损毁。”

郭敏冷冷地指责道：“卞大夫，你不是答应过帮我看护这宅院的吗？”

卞葭连忙辩解：“郭掌柜，我上月还差人来看过，他回来告诉我这里的一切都井井有条。那人熟悉这里的一砖一瓦，正是宅子前主人的公子唐迈。我实在不明白怎么才一个月——”

“我去去就来。”狄公突然打断他，一面朝门外走，一面示意洪参军跟上。

进到小花园内，狄公小声对洪参军道：“今天一早，趁着民丁撤离后，凶手又来过了。他定是听信了御珠的传说，溜回来寻找。我们去主楼看看，兴许凶手也搜过那里。”几只青蝇在头顶嗡嗡作响，好不恼人。

他们匆匆检视了一遍正厅，未发现任何损毁，地上只有狄公昨晚留下的脚印。于是，二人折返去亭阁。

洪参军道：“亭阁里里外外都被翻了个遍，我推测凶手没有找到御珠。”

狄公点点头，挥手拍打着眼前的青蝇。“哪来的这么多苍蝇！洪亮你看，昨晚就是在这墙头我见到了那只乌龟。”他伸手抚着矮墙，又道：“当时，那小东西正沿着墙爬行，背上——”

狄公突然停住了，身子探出矮墙，死死盯着外侧的墙脚，一脸骇然。洪参军赶紧凑了上去，不由得倒吸一口冷气。墙外一条浅沟的杂草间赫然躺着一具男尸，无数青蝇爬满了他的头顶——那儿有一大摊黏糊糊的血。

狄公和洪亮勘察湖畔居（高罗佩　绘）

狄公拔腿飞奔进亭阁，问郭敏："郭掌柜，我来之前你在这里待了多久了？"

郭敏答道："我前脚刚跨进这园子，您后脚就到了。我还未去主楼看过便先来了这儿，就为了看看墙外的曼陀罗林。"

"你们跟我来！"狄公大声道。

郭敏朝墙外刚一探头，便骇然失色，呕吐了起来。

"大人，那是谢光！"卞葭一声惊叫，"你看他左脸上的伤疤！"

狄公提起长袍，翻过矮墙，卞大夫和洪参军也跟着翻过了墙。狄公在死者身旁蹲下，先是察看了沾满血污的头发，然后又仔细观察了尸体周围的野草丛，接着他捡起一块青砖，递给洪参军，说道："死者正是被人用这块砖从身后砸死的，你看这边还有血迹。"

狄公站起来，命令道："你们搜查一下周围的灌木丛，兴许还有别的线索。"

"大人，这里有个木匠的工具箱！"洪参军指着一处灌木大叫道，底下正是一个破旧的矩形箱子。狄公示意他解开箱子上的皮绳，里面是两条锯子、一把斧头和几个凿子。

"把这箱子也带回去，"狄公又吩咐卞葭，"把死者的上衣脱下来！"

褪去死者上衣，只见他左侧胳膊上有包扎着一圈布条。卞葭解开布条，露出一道深可见骨的伤口。

卞葭禀道："大人，这伤口乃锋利的薄刃所致，是道新伤。尸体尚有余温，我敢断定谢光遇害不到半个时辰！"

狄公默然不语，仔细搜查着死者的衣袖和腰带，一无所获。最后他说："今天就查到这里，接下来交给仵作吧。"

十

三人又重新爬回园子里，郭敏不住地问东问西，狄公不理会他，吩咐洪参军："你快马赶回镇上，让里正带十几个民丁过来。"

狄公面色愠怒，在园子里来回踱步，不停甩动着衣袖，卞葭则将郭敏拉到一边小声交谈。

洪参军很快回到花园，身后跟着慌慌张张的里正和一队惊恐的民丁，民丁们手上拖着长竹竿。

狄公命民丁用长竹竿扎就一个担架，将谢光的尸首运回城内衙门。又命其余民丁严守湖畔居宅院四周，直到城里的衙役前来换班，才许撤岗。见众人惶惶不安，狄公不由得提高嗓门道："光天化日，有什么可怕的？"他又对卞葭和郭敏道："你们向里正借两匹马，跟我一起回镇上。”

抵达白玉桥镇，狄公便命郭敏领他们去看商船。商船着实不小，几乎占据了大半个码头，四名面容憔悴的船夫正从桅杆上把帆降下。狄公命郭敏三人在岸边等候，自己则踏上跳板，走到船头大声呼叫船主。过了好一会儿，舱室里冒出一颗乱蓬蓬的脑袋，船主睡眼蒙眬地走上甲板，边整理衣衫，边睁开一双布满血丝的双眼看着狄公。显然，昨晚船上这几人都过得不轻松。

狄公命令道：“带我去见孙强。”

船主踉踉跄跄地向船尾的双人舱走去，在窄门上敲了一阵，边上的窗口开了，一个瘦削男子探出头来，他脖颈枯瘦，下巴蓄着短须，蛮横地斥问道：“大清早吵什么？我头痛得都要裂开了，别来烦我！”

狄公上前道：“我是本县县令。不，站在那别动，有件事要问你。孙强，昨晚你人在哪里？”

“回大人，小人昨晚卧病在床，连一口晚饭也没吃。我有头疼的毛病，经常发作，真是苦不堪言。”他说着将手肘支在窗台上，继续道：“这病发起来先是高烧不退，食欲全无，紧接着恶心反酸，嘴里一股怪味，然后——”

“真是遭罪。郭敏可曾来看过你？”

“晚饭前他来过，告诉我要跟朋友去看龙舟赛。我没听见他回来，不过他现在一定在隔壁的舱室里。出什么事了吗？”

“我在寻找证人，昨夜发生一起谋杀案。”

孙强憎恶地看了眼船主：“显然遇害的不是我们船主！”他叹一口气：“真是遗憾。我从没坐过比这更差的船了！”

听了这话，船主低声咒骂起来。狄公转身对他道："你把船开到城西门，停在码头上等候传见！"又向孙强道："恐怕要麻烦你在本地多待一两天了，趁机去看看医生。希望你能很快好起来。"

孙强忙说自己有急事，无法久留。但狄公自顾自转身向岸边走去。

"郭掌柜，你是本案的重要证人，"狄公对郭敏道，"因此还请在本县多待几日，随时等候本官召见。"郭敏听了，眉头紧皱正要说话，狄公又转头吩咐卞葭："卞大夫，本官也会召见你，这几日你也不要出城了。告辞。"

说罢，狄公跳上马，和洪参军一道上了官道，向城里奔去。这时，烈日如炙，闷热异常。

"我们本该戴草帽的！"狄公喃喃自语道。

洪参军道："大人，天越来越热了！竟没有一丝丝风，天边的乌云开始聚拢起来了，恐怕傍晚要下雷阵雨。"

到了南门附近，狄公忽道："短短两天，这已经是第三起命案了！谢光是唯一能提供线索的人，现在也死了。"然后他平静地又道，"洪亮，坦率讲，我担心本县有一群穷凶极恶歹徒正在兴风作浪。"

南门校尉老远就望见两人策马奔来，他正在城门内的岗亭前站岗，军姿严整，纹丝不动。

岗亭内，两名士兵正在一张高桌上整理昨夜的竹牌，发出"噼里啪啦"的声音。狄公勒住马，弯腰细细看了一会儿，心里闪过一丝灵光，朦朦胧胧想到了什么。过了一会儿，他直起身，出神地晃动着马鞭。他隐隐觉得这竹牌勾起了脑海深处的某条线索，但一时无法将它们联系起来，只得苦恼地皱着眉。

见是狄公，校尉惊讶万分，遂尴尬地说道："大人，这真是……一个大热天啊。"

狄公犹自沉思，没有听见校尉的招呼。忽然，他咧嘴一笑，转头对身后的洪参军说："天哪，原来是这样！"接着，他飞快地命令校尉："让你那两个人将桌上那堆竹牌按数字顺序整理好，倘若发现有两枚同样数字的，立即送来衙门给我！"

说完，他便骑马先走了。

洪参军正想问竹牌是怎么回事，狄公马上说道："洪亮，我亲自去申八心仪的梁小姐那儿。你即刻去寇府打听寇元梁今天一早是否出去过。不管用什么手段，一定要得到确实的消息。"

"大人，早衙升堂的事怎么办？"洪参军忧虑地问道，"琥珀夫人被杀的消息现在肯定已经传遍了全城，谢光被害的消息也会不胫而走。如果衙门不尽快发布告示，百姓就会鼓唇摇舌，茶馆里说书的能编排出多少荒诞不经的谣言！"

狄公擦了擦脑门上的汗，说道："你说得对。你先去衙里出个告示，说今天早衙延迟至中午。到中午时，我将对案件的基本事实进行澄清，同时告诉百姓本案还在审理中。来，你我换一下帽子，我必须乔装改扮去见梁小姐，我不知道她究竟是谁，是干什么营生的。"

狄公戴上洪参军的黑色弁帽，便与洪参军分手了。此刻的狄公风尘仆仆，满头大汗，只希望没有人可以认出他。

十一

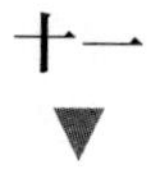

狄公向街边玩耍的孩童打听梁小姐的住处，孩子头都不抬，用脏乎乎的小手指了指街角的一处大院。

狄公在大院门口下了马，系好缰绳，抬头看见朱漆大门上悬挂了一块木匾，上面矫若游龙四个大字：武德道场。边上一方朱印，称是朝廷的一位亲王所题。狄公摇摇头，将信将疑地走了进去。

大厅里光线昏暗，倒也凉爽。正中铺着一张大草席，六个大汉打着赤膊，正在上面成对地练习角力。远处，披着头发的两个大汉在练习棍棒。另外六个大汉坐在靠墙的一条长凳上，聚精会神地观摩着，没有一个人注意到狄公。

一个大汉被对手击中了手指，疼得扔了手里的棍棒，开始喋喋不休地咒骂起来。

“不得污言秽语！莫先生。”忽听大厅深处有人厉声斥责。

那大汉转过身来，满脸惊恐。

“是，梁小姐，”大汉温顺地应道，“梁小姐息怒！”

说着，他用嘴吹了吹受伤的手指，忍痛捡起棍棒，又找对手练习去了。

狄公绕过练武的大汉们，循着刚才的斥责声走进去，顿时呆住了。他简直不敢相信自己的眼睛——眼前的妇人高大英武，正躺在躺椅上。一条绛红色的腰带系在巨桶般的腰间，她抬起磨盘大的圆脸，面无表情地向狄公粗声问道：“你来做什么？”

狄公稳住心神，粗声答道：“在下姓詹，是长安来的拳师，想在贵地讨口饭吃。申八相公引荐我来，希望小姐帮忙招几名弟子，不胜感激。”

梁小姐并不应答，她抬起粗壮的右臂，将头发拢到耳后，抚了抚脑后的发髻。期间，她的目光一直没有离开狄公。忽然，她开口道：

“我来试试你的手劲！”

她伸出壮实粗糙的右手，一把攫住狄公的右手。狄公也是条勇武的汉子，但此时也情不自禁地想要退缩。他不得不使出全部力气才勉强顶住梁小姐老虎钳般强力的手腕。突然她松了手。

“好吧，”她说，“你确实是个拳师！”话音未落，她站了起来，动作竟十分敏捷。

她走到墙角的大酒缸边，舀了两大碗烈酒，招呼狄公：“幸会同行，来，干了这酒！”

狄公看她个头几乎同自己一般高，宽肩阔背，脑袋就像直接长在肩上一样。狄公一边饮酒，一边好奇地问道："敢问师承何处？"

"我是塞北来的，带着一帮姐妹练习摔跤角力。几年前，我们在长安城里表演，有幸得到三皇子的垂青，召我们进宫表演。整个宫里，所有的娘娘皇子都来看我们的摔跤表演。我们摔跤时虽然不像平日衣冠整齐，但都围着专门的锦缎围裙，绝对是正经体面的！我们都是良家女子。"说着她一口干了酒，将碗摔在地上，愤愤地说道："谁知去年礼部不知哪个狗官在圣上面前奏了一本，说我们的表演有伤风化。放他的狗屁！你猜是谁在背后使坏？正是宫里的娘娘们！她们嫉妒，受不了自己的男人看见真正的女人长什么样，一次也受不了！这群瘦削如柴的小女人，几乎是埋没在奢华繁复的宫装里面！呸，要不是上天仁慈给她们脸上安了个鼻子，谁能分得清她们的前胸后背？但有什么办法，皇上还是命三皇子遣散了我们。"

"那你的姐妹们都去了哪里？"

"她们都回了我们国家，只有我一人留了下来，我喜欢中国。临别前，三皇子赏了我一锭金，还叮嘱我，'你将来要是嫁人，千万托人捎信给我！我要送新郎官一把银梯子——要不他怎么能跟你一般高呢？'殿下可真是个风趣的人！"她摇了摇头，微笑地回忆着过去。

狄公知她所言不假，王公贵族们待朝廷官员一副高高在上的样子，但对自己身边的武师歌伎却是平易近人。

"我别的也不会，"梁小姐接着又说，"就这一身拳脚功夫，便开了这家武馆。我只收些茶水钱，其余都是免费的。有几个小子倒是很有天赋。”

“我听说这里有两个弟子文武双全，一个叫唐迈，一个叫谢光？”

“你来晚了，唐迈死了，也是自作自受。”

“怎么说？我听说唐迈是个颇有能耐的拳师，是个讨人喜欢的家伙。”

“这人的拳脚功夫是还可以，但讨人喜欢……”她转头唤了一声，“玫瑰！”

后厅走来一个十六七岁的丫头，手里正拿着抹布擦盘子。

“先放下盘子，转过去让这位詹相公看看你的伤。”梁小姐吩咐道。

小丫头颇不情愿地转过身，松开上衣，露出伤痕累累的后背。

“这是唐迈打的？”狄公问。

“不是他动的手，但他是帮凶。这丫头鬼迷心窍喜欢上了唐迈。半个月前的夜里，唐迈将她骗到城北的一个大宅子，黑漆漆的她也没看清那究竟是什么地方。总之一进门她就遭了毒手。后来，唐迈将她放了，给了她一锭银子，叫她不得跟任何人说。前两天我看到她身上的伤，这傻丫头才把实话告诉我。可恨让唐迈死早了，我原打算跟他算账。不过他好歹遭了报应。”

“歹徒是否强奸了她？”

“没有，目前为止她还是个黄花闺女，否则我自然是要报官的，我知道自己的本分。只是这傻丫头是自愿跟去的，又收了人家的银子，我还能怎么办？”

“唐迈经常替好色之徒诱拐良家女子？”

“这还用说？他为一个金主搜集古董，想必拐来的女子也是给那金主的。不久前，他惹了麻烦，跟金主闹翻了。唐迈是个野心勃勃的无赖，或许是因为他跟金主漫天要价。抢他饭碗的正是谢光，这个没有脑子的混蛋。”

“哦？有什么根据吗？”

“谢光这人远不如唐迈机灵。昨天一大早他来这里，一口气把欠我的酒钱付清了。我觉得蹊跷，便问他：‘你是撞上摇钱树了？’‘快了，’他说，‘今晚我就要发财了。我只要替人将小鸡关进笼子里。’我警告他：‘你可别把自己关进笼子里去了。’这厮狞笑道：‘那地方偏僻得很，没人会听见小鸡的呼救！唐迈说金主给钱很大方！’我拍了拍他肩膀，对他说：‘你快滚，别让我再看见你这丑恶的嘴脸！’谢光骂骂咧咧地出了门，我就这样一飞刀掷出去，钉住了他的袖子。”

说着，她手里突然多出一把飞刀，只听“嗖”的一声，飞刀掠过大厅，深深扎进大门的门框。大厅里登时鸦雀无声。两名弟子急忙跑到门边，飞刀还在门框上颤动，两人费了一番工夫才将飞刀拔出，毕恭毕敬地呈给梁小姐。

梁小姐得意地一笑，说道：“我这人一动气，就忍不住乱扔东西。”

“你若不当心点，哪天怕要惹上麻烦。”狄公告诫道。

“我？恐怕没人有这个胆子！就算是官府也不能把我怎么样。我离宫那会儿，三皇子赐了一张文书，上面的印章有人头这

狄公向梁小姐道别（高罗佩　绘）

么大。文书上说我是宫里的人，只有大理寺才有资格审我。关于唐迈和谢光，我知道的都说了，县令大人可还有什么要问的？”

见狄公一脸惊诧，她得意地说：“我也曾在宫里当差多年，什么达官贵人没见过，大人不会以为稍稍乔装就能瞒过我的眼睛吧？我一眼就能看透对方到底是什么人！否则我也不会把知道的事情都透露给您，您说呢？大人问我唐迈和谢光，那么我再说一遍，这两人都不是善类。”

“梁小姐，谢光也遇害了，就在今天早上。凶手可能就是他的金主。小姐可知道那人是谁？”

“大人，这我可真不知道。我曾问过玫瑰，可这丫头也糊里糊涂。她当时被人脸朝下按在榻上，只听得那恶徒的狞笑声。若我知道，早就取了他的狗命了，大人今天只需派衙役来收尸即可。我生平最痛恨这种渣滓！”

“梁小姐今天给本官提供了重要线索，不胜感谢！顺便我也有一事告诉小姐，申八托我在你面前为他美言几句。”

梁小姐的圆脸上顿时闪过一抹喜色，她娇羞地问：“真的？他真托您这么说？”紧接着，她又皱起眉，厉声问道：“他是想托媒人来正式提亲吗？”

“这倒不清楚，他只说替他美言几句——”

“美言几句？是吧？这头倔驴！这段时间，他三番四次托人来美言几句！既然这样，我就把话挑明了，他必须亲自来提亲。他申八是条好汉，但我也有自己的原则。”

“难就难在申八似乎也有自己的原则。不过他确实是个可靠的男人，也有固定的收入。”既已兑现了对洪亮的承诺，狄公放下碗说道，“今天多谢小姐相助，本官就先告辞了。”

梁小姐送狄公到门口，穿过大厅时她对坐在墙边长凳上的一个矮壮汉子说：“高先生，如果你乐意的话，我们再练一次压制这个动作。”

听了这话，那汉子黝黑的脸上顿时失了血色，但他顺从地站了起来。

街上热得像个烤炉，狄公飞身上马，对站在门口目送的梁小姐点了点头，驱马奔驰而去。

十二

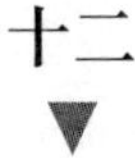

狄公策马向西城赶去。与梁小姐谈话后，本案有了新的线索。于是狄公打算在回衙之前再去拜访一个人。

狄公在县学对面的一幢两层小楼前停了下来。这幢楼的防盗措施十分严密，一楼的窗户装了铁栅栏，二楼的窗台上则布满了尖利的钉子。正门上方挂着一方小小的牌匾：“古珍阁”。狄公下马，在门口的石柱上系紧缰绳，让马儿在阴凉处休憩片刻。

店里的小伙计满脸堆笑，迎了出来。

“大人，快请进楼上书斋，杨掌柜刚从乡下回来，那里挖出一方古石碑。”

说着，他引狄公穿过大厅里一排满满当当的古董柜，上了楼梯。

书斋宽敞明亮，凉爽宜人。两个大铜盆里盛满冰块，把暑热驱赶到门外。外面刺眼的烈日滤过两扇透薄的窗纸，照得满室融融。正中墙上挂着一幅山水长卷，侧墙边立着一面大书架，上面堆满了古籍。

杨益民坐在乌檀木书案后面，背靠着太师椅，正拿着一个朱红色细颈花瓶细细鉴赏。见狄公来了，他轻轻将花瓶放在书桌上，又急忙站起来，鞠躬致礼，一面又拖过一把乌木椅子，用低沉的嗓音招呼道："大人一定是来看我昨晚提到的那幅名画！这画真是难得一见的珍品！我先给您沏一杯香茶，我们再来赏画。"

狄公在椅子上坐下，接过伙计递过来的一柄绸扇，"杨掌柜，我很乐意跟你品茗几杯。"他扇着扇子说道，"赏画还是改天吧。我今天来是想向你打听点消息。"

杨益民屏退伙计，亲自给狄公倒了茶，坐回书案后面，一双精明的眸子好奇地望着狄公。

"这两日接二连三的谋杀案，真叫我一筹莫展。你知道唐迈和琥珀夫人，你也许已经听说，就在今早谢光也被人杀害了。"

"谢光？不！我没听说过。我刚从外面回来。我想起这么个人了！有人曾告诉我说一个叫谢光的古董掮客专门与地痞流氓来往，劝我不要与他交易。会不会是哪个狐朋狗友杀了他呢？"

"谢光的死一定与唐迈和琥珀的死有关。不瞒你说，我现在简直是面墙而立，一无所见。若是有知情人能点拨一二，至少我能知道这几起凶案的大概背景。"他嘬了一口茶，和颜悦色地说："我一向敬佩杨掌柜，阁下不仅深谙古玩鉴赏的学问，对古玩行当里的同行也是了如指掌。因此我特来请教，希望你不要隐瞒。”

杨益民深深一揖，说道：“承蒙大人垂青，不胜荣幸。可我这人醉心于古董收藏，除了相熟的几个客人，跟城里其他人不大走动，因此本地的消息传闻也很少传到我的耳朵里。拙荆已死了六年，两个儿子也都在南边成家立业。我孤身一人，只有生意和古董为伴，过着苦行僧一般的生活。衣食起居也由我自己料理，我不需要什么笨手笨脚的丫鬟，省得打碎珍贵的花瓶瓷器。店里的伙计白天才来做工，晚上我主管钻研古玩字画，不受打扰。大人，这正是我一直向往的生活。我一人清静惯了，渐渐对城里的事也不闻不问了。”

“杨掌柜，我想打听的正是你的几个老主顾。比如说卞大夫，你觉得他这人怎么样？”

杨益民缓缓喝完杯子里的茶，双臂抱在胸前，答道：“卞大夫收藏玉器。大人您知道，古玉有一定的药用价值，所以许多大夫和药剂师都对古玉很感兴趣。卞大夫的藏品不多，但都是精品。他倒也不是为了赚钱，主要是用于药理研究。这一点上，他跟药商郭敏完全不同。郭敏也收藏价值连城的古玉，但纯粹是为了赚钱——转卖给别人赚取差价。郭掌柜是顶精明的商人！寇元梁常在他那里购买玉器。我是不在他手上买的，他要价太高了。”

狄公问道：“我今早见过郭敏，他不是住在长安城里吗？”

“他确实住在长安，但经常四处旅行。他每隔两个月至少来一次浦阳城，每次都是偷偷来，偷偷走。”

“这是为何？”

狄公向杨掌柜了解古董行的情况（高罗佩　绘）

杨益民狡黠一笑，说：“除了卞大夫之外，郭掌柜也向卞大夫在本城的同行出售药材。此外，郭掌柜让我替他保密行踪还有一个原因，他几年前以极低的价格买下了曼陀罗林边的一块土地，中间人正是卞葭。郭敏向卞葭谎称自己购买那块土地只是为了投资，但事实上他这些年一直派人在曼陀罗林边挖掘药材。这若是让卞葭知道了，肯定要问他收佣金。就我刚才说的，郭掌柜可是个极精明的商人！”

“嗯。”狄公应道。他回忆今天早上的对话，郭敏既没说谎，又成功地隐瞒了来浦阳城的目的。既然郭敏也做古董买卖，那么他也可能雇唐迈或谢光为他在本地搜集古董——甚至可能做一些不法的勾当。

狄公又问道：“你可知道郭敏每次来浦阳城都住在哪？”

“有时他直接住在船上，有时在八仙客栈落脚。那是一间便宜的小客栈。”杨掌柜颇不以为然。

“我听过八仙客栈。郭敏可真是个悭吝鬼！”

“大人，金钱就是他的性命。他这人根本不懂什么古董，对他来说只要赚钱就行。这一点，寇相公就大大不同，那才是真正的收藏家！只要是中意的，他就一定会不惜代价买来！当然，寇相公有的是银子！”杨益民摸摸下巴，思考了片刻，又说：“至于我呢，多少介于他们二人之间。我是个古董商人，买进卖出是为了糊口，但我有时也会碰到珍爱的古董，别人出再高的价，我也不肯卖。原先，我隔几天就去寇相公府上赏玩他那些精美绝伦的古董字画，每回都是尽兴而归。可最近四五年，只有寇相公邀请我才去一趟，也就在客厅里坐坐，不愿去书斋看他的藏品。看了眼红！”他摇了摇头，脸上露出苦笑。忽然他又问道：“对了，大人，关于卞大夫船上那鼓手的死，可有线索了？”

“毫无头绪。这案子真是棘手。接着说寇元梁，我常听人说他在收藏方面有非凡的眼光。我看他选夫人也是同样独具慧眼。他的妻子金莲虽然病了多年，但仍是花容月貌，我昨晚恰巧见到了她。而他的爱妾琥珀夫人更是个不可方物的美人。”

杨益民不安地调整了坐姿，半晌又喃喃地说道：“寇元梁的眼光确实没有错看过什么。我记得当年琥珀夫人还只是老唐府上的一个小丫鬟，毫不起眼。但寇元梁买下了她，教她读书识字，又教她穿衣打扮。寇相公还亲自为她选购耳环、项链等首饰。不过一年，琥珀便出落成了亭亭玉立的淑媛美人。可惜老天也看不得他享受齐人之福，如今金莲夫人缠绵病榻，琥珀夫人又香消玉殒。令人痛心啊！”他双眼直瞪瞪盯着前方，一下下捋着短须，陷入了沉思。

狄公说：“这也不是没有原因的，老话说得好：绝色美人不可多得，多得上天还妒忌呢。”

杨益民沉浸在自己的思绪中，似乎没听见狄公的话。忽然，他转过头直视着狄公，急切地说：“不，大人。寇元梁不配拥有这一切！既然大人找我密谈，我便如实相告，寇元梁的性格十分古怪偏激。一次，寇元梁请我去鉴赏他最得意的藏品，一件精美绝伦的波斯水晶碗。我将碗拿在手中缓缓转动，一面仔细观赏，一面赞叹不已，发现碗底有个芝麻大小的瑕疵。我微笑着指给他看：‘这个小小的瑕疵正是点睛之笔。’不料寇元梁劈手夺过那碗，瞪着那疵点看了看，竟将它狠狠砸在地上，摔得粉碎。罪过，真是罪过，大人！”

“换了是郭掌柜就绝不会这么做。”狄公淡淡道，“卞大夫也不会。嗯，我依稀听说卞大夫表面看起来斯文正经，其实私底下是个轻浮浪荡的人。”

“大人，这不可能，我从未听闻他去花街柳巷寻欢。哪怕他真去了，也没什么可指责的。人人都知道他家里的那位又丑陋，又凶悍，既不能给卞大夫生儿育女，还不许他纳妾。”杨益民摇摇头，眼睛向上望了望，紧接着又说：“但卞大夫这人忠厚老实，在家里一直忍气吞声，没闹出过什么丑闻。”

“我还听说卞大夫最近手头很拮据。”

杨益民飞快地看了狄公一眼，说道：“手头拮据？不可能！他是欠我一点小钱，但他经营有道，又医术高明，浦阳城里的大人物都在他那里看病。寇相公的金莲夫人也是卞大夫在医治。”

狄公点点头，喝了口茶，轻轻将茶杯搁在桌上，手捋着胡须默默不语。过了半晌，狄公道：“我此来还有件事要请教杨掌柜。关于一百年前那桩轰动一时的御珠失窃案，你可有什么见解？”

“当年宫中大搜了七天七夜，仍然不见踪影，我想一定是皇后娘娘自己将御珠藏了起来，借机铲除后宫得宠的妃嫔。一旦达成目的，她只需将御珠丢弃到一个没人找到的地方，神不知鬼不觉。大人，后宫的争斗向来残酷。况且，谁会冒死去偷一颗无法出售的御珠呢？”

狄公问：“假若御珠真是被人偷了，就真的没有办法将它卖了？”

“当然，大人您想想，在这四海之内谁有胆子做这样的买卖？除非，除非窃贼与波斯等国的商人有来往，那么倒可以折价将御珠卖给这些人，再由他们转卖到西域去。这恐怕是唯一的办法，既可赚得大量金银，又不会招致可怕的后果。”

“嗯。时候不早了，我还要回去准备中午的庭审。最后还有个问题，杨掌柜，你可曾去过曼陀罗林里的娘娘庙？”

杨展柜低下了头，答道：“没去过。那庙废弃多年，杂树丛生，路早就不通了。何况附近的村民根本不让人进去。不过我这里倒是有本书，上面详细记载了庙里的情况。”说着他走到书架边，取下一本书，递给狄公，“这本书是大人前一任的县令所著。”

狄公接过书翻了翻，说道：“我衙门里也有这么一本，确实是本好书。上面对白娘娘神像的描述非常详尽。”

“要是我能亲自去看上一眼该有多好！”杨益民的语气十分神往，“传说那神像是汉朝的遗物，与它的台座一体，由整块白玉雕琢而成。神像前的一方祭坛也是白玉雕成的，献祭的后生就是在那祭坛上被宰杀的。当然这是过去的遗风旧俗了。大人，您可曾想过上报礼部，修整曼陀罗林，重建白娘娘庙？大人只要说近来老天已屡降凶兆，显然是白娘娘因神庙被毁而愤怒了，当地百姓肯定会为重修神庙欢欣鼓舞。这座汉朝古庙要是能修葺一新，必然会成为本地一大名胜！”

“这真是个诚挚的建议，我会好好考虑的。但我实在不喜欢那些迷信活动。天知道会发生什么骇人听闻的事！我先告辞了，杨掌柜。”

杨益民送狄公出去，说道：“大人，我也要去听听庭审。这几起案件有关联的人都是我的老主顾，我理应去听审。”

十三

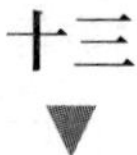

回到衙门，狄公径直去了后院。他感到闷热疲乏，草草洗了个澡，换上一身干净的月白长袍，戴了一顶薄纱帽子，匆匆赶到书斋，洪参军早在那儿候着了。

狄公取过挂在墙上的一把羽扇，坐到书案后面，用力地扇着风，从后衙到书斋的一小段路又让他出了一身汗。他问洪参军：“怎么样？你查到了什么？”

“大人，事情很顺利。我在蔬菜店旁边恰巧碰到寇府的女佣，不费什么劲就打听到寇元梁今天一大早就骑马出去了。”

“寇元梁有没有清早遛马的习惯？”狄公问。

“没有。女佣说寇府上下都认为他思念琥珀，出去遛马散心。那女佣还说，寇元梁与琥珀虽然年龄悬殊，但十分恩爱。琥珀还常常协助寇元梁照料金莲夫人，一家人和和睦睦。”

狄公没有说话，突然他站了起来，指着书案上的两片竹牌，问道：“这两枚竹牌何时送来的？”

“就在刚刚，南门校尉送来的。”

狄公急忙拿起竹牌察看，两枚竹牌上都潦草地写着“二〇七”。其中一枚牌面上的字迹笨拙，像是不识字的人临摹上去的；另一枚上的字显然是精于书法之人所写，且牌面正中有一道几不可见的凹槽。狄公沾湿了手指，轻轻擦去第二枚竹牌上的数字，将竹牌纳进衣袖，露出了满意的笑容，“这枚竹牌我收起来，另一枚就还给南门校尉吧。现在我跟你说说我跟梁小姐的会面。”

“她究竟是什么人？”洪参军急切地问，“真像申八说的是个文雅的淑女吗？”

狄公戏谑地笑道：“很难将她跟文雅联系起来。她是个蒙古的摔跤手，孔武有力，令人生畏。”狄公将他与梁小姐的谈话简要地告诉了洪参军，最后说道：“现在我们知道了有个心狠手辣的恶魔正在本县作案，他先是雇了唐迈，后又雇了谢光，诱拐妇女，供他淫乐。而此人极有可能正是这三起谋杀案的凶手。”

“大人，如此说来我们就可以排除寇相公作案的嫌疑了。我姑且想象他出于嫉妒杀了琥珀夫人和她的情夫。但他绝不像是那种沉溺女色、以奸淫妇女为乐的恶棍。”

“洪亮，这可不一定。虽然在外人看来，甚至在寇府的下人们看来，寇元梁是个知书达理、温文尔雅的收藏家，是个温情体贴的好丈夫，但私底下呢？他很可能有完全不同的一面。这类人善于将他们邪恶堕落的品性隐藏得很深。因此，但凡这类假仁假义的恶棍，作奸犯科总是难以勘破。当然，最了解他真实面目的人莫过于他的妻妾，据此，我十分怀疑金莲犯病的缘由。传说她是出去拜访友人，突然就得了恶疾，失了神志。事实上她会不会是因为受不了寇元梁的折磨而企图逃走呢？她的神志失常会不会是长年遭受非人的折磨而导致的呢？我看见琥珀身上也有伤痕，或许正印证了这一点。若是这样，那她跟唐迈计划私奔也就情有可原了。”

狄公缓缓摇着羽扇，又说道：“从梁小姐那里出来，我还去拜访了古董铺的杨掌柜。梁小姐既然说凶手也收藏古董，那我便去杨掌柜那儿打听打听他的几位老主顾。他对寇元梁的描述很是耐人寻味。”

狄公将寇元梁摔碎波斯水晶碗的事说了一遍，又继续说道：“仅仅因为碗底一个小小的瑕疵，寇元梁竟然暴跳如雷，摔碎了价值连城的宝物。可以想象他发现琥珀不贞时会是怎样的怒不可遏。一个女子最严重的错误莫过于对丈夫的不忠。”狄公眉头紧皱，思索了一会儿，又道：“但有一点我想不通。如果寇元梁真是这样的人，他为何不亲自手刃琥珀，却偷偷雇用谢光去动手。这样一来，他岂不是错失了亲手复仇的快感？这一点与寇元梁的性格相矛盾。”

洪参军道：“大人，有一条线索确实是指向寇元梁的。同时雇用唐迈和谢光为他搜罗古董的不正是寇元梁？”

狄公道：“今天杨掌柜告诉我，卞葭和郭敏也都搜集古董，因此我还不能确定这个雇主究竟是指谁。”

前衙的大铜锣一声巨响，中午的堂审要开始了。

狄公神情凝重地站起身，换上官袍，戴好乌纱。他照了照镜子，说道："我尽快结束堂审，退堂后你立刻去找申八打听清楚各条赛船上的赌注。顺便你也可以告诉他我已在梁小姐面前替他说了好话。接着你再去八仙旅店找到掌柜的，问他郭敏是否常在那里住宿，多久去一次，一次住多久，有没有人来拜访他。也问清楚他是否与青楼女子有来往，是否有人抱怨过他。我要知道所有关于他的情况。"

洪参军迷惑不解，但没时间多问，他们已走到公堂门口。洪参军伸手掀开门帘，狄公昂首步入公堂，正襟危坐。公堂里拥挤的人群顿时一片肃静。洪参军站在狄公右侧，弯腰对狄公小声道："大人，看来百姓们都急切地想知道接连几起凶杀案的内情。"

狄公点点头，巡视公堂，六名衙役井然就位，两名书吏也已摆开纸笔，堂下黑压压的一片看审百姓，寇元梁与卞葭并肩站在第一排，后面是郭敏和杨益民。

狄公拍了一下惊堂木，宣布升堂。狄公先宣布了谢光和琥珀夫人的死讯，然后解释说两桩凶案案发一处，因此官府认为其中大有联系，具体还要等候进一步侦查。

这时，郭敏步上公堂，作了个揖，说道："小民——"

"跪下！"班头呵斥道。

郭敏愤愤扫了班头一眼，顺从地跪在堂前，继续说道："小民郭敏，遵照大人吩咐，已将商船停泊在西门，等候大人传问。"

狄公点点头，说道："郭掌柜，今早见面时，你可没此刻这般好说话。"

郭敏镇定自若地望着狄公，答道："大人，小民素来寡言少语。"

狄公示意郭敏退下，接着，就出入城门的身份竹牌宣布了一条新规定。正当他要退堂时，人群中走出两个衣冠讲究的掌柜，双双跪在堂下为田产纠纷打官司。人群见此情形，陆续退出衙门，狄公见杨益民也在其中。

狄公耐心听完双方的诉讼，公正裁决，两人满意退下。又来了个当铺老板，状告两名无赖意图讹诈他。接着又是几桩芝麻绿豆官司拖了不少时间。堂下看审的人大多散了，卞葭、寇元梁和郭敏也陆续离开。狄公回头对洪参军道："我这里一时半会是脱不开身了。你即刻出去办事。"

狄公审理完最后一桩案子，唇干舌燥，汗如雨下，忽听衙门外面一阵骚动，一群人推推搡搡进了公堂。

为首三个踉踉跄跄的大汉。狄公见三人衣服撕破，鼻青脸肿。一个双手抱头，肩头鲜血淋漓。一个捂着左手，痛得脸色惨白。还有一个手捂着肚子，几乎走不动路，梁小姐在后面用阳伞的伞柄撵着他。梁小姐身后跟着一个年轻的女子，穿红戴绿，左颊一块青紫，高高肿起。

来到堂下，梁小姐对跪在地上的三名大汉怒叱不已。班头急忙上前阻止，梁小姐一把将他推开，喝道："老娘知道公堂规矩，轮不到你来废话！"她转头对身后的女子道："跪下，妹子，这是衙门的规矩。你不是宫里的人。"说完她抬头看着狄

药商郭敏回答狄公的讯问（高罗佩　绘）

公，朗声道："大人，恕我不能下跪了，我是宫里的人，只对娘娘皇子下跪。这三个歹徒是运河军营里的逃兵，寻常干些拦路抢劫的勾当。他们的名字是冯莽、王大力、廖亭。这个跪着的丫头姓李名牡丹，是官府注册的妓女。"说着她又转头问书吏："刚才说的都记下了吗？"书吏吃惊地点了点头，她又对狄公说："我向大人状告这三个无赖，请大人明察。"

"我正坐在家里后院吃午饭，忽然听见院外小巷里传来女子的呼救声。我急忙跳出墙去，正看见这三个歹徒强拽着牡丹往前走。牡丹见了我高喊救命，冯莽这恶棍在她左颊上狠狠打了一拳，又抽出一柄尖刀威胁她。我眼见周围的人都走了，便走上前去拦住他们，礼貌地问是怎么回事。起初他们不屑理我，还恶狠狠地用刀指着我叫我滚，不过，很快他们自己就滚倒在地上乖乖回答我的问话了。原来，前天谢光给了他们一锭银子，让他们将牡丹从妓院里骗出来，带到老君庙后面小巷东头的第三幢房子里去，交给一个姓孟的老婆子。他们选择在午饭时分动手，因为那时妓院和街上人很少。他们用一块黑布蒙了牡丹的头，牡丹抵死挣扎，扯下了头上的黑布，大声呼救，幸亏遇上了我。这三个歹徒已经供认了暴力劫持妇女的罪行，我又想到衙门正在探查谢光的案件，所以立刻把他们三人押解来公堂，也把牡丹带来，作为人证。请大人明察。"

梁小姐说完鞠了一躬，退到一旁站着。早在她提到那幢宅子的地址时，狄公小声吩咐班头领了六名衙役前去搜查，拘捕在场的所有人。仔细听完梁小姐的话，狄公说："梁小姐当机立断，见义勇为，维护律法，实在令人敬佩！现在请你详细讲讲制伏歹徒的经过。”

“是，大人。我问他们三人怎么回事，谁知中间这个叫王大力的举起拳头就向我的脑袋砸来，我抓住他的胳膊一个过肩摔，直接把他胳膊拧脱臼了。我控制了力道，没把他摔到不省人事，以免影响上公堂招供。接着这个姓冯的又举起尖刀要刺我，我一把夺下尖刀，将他的左耳钉在旁边的门柱上，谁知他还不老实，撕裂了自己的耳朵，我只好又将他的右耳也钉在门柱上。他对我破口大骂，竟不答我的问话，无奈之下我拿刀戳了他几下，不过，大人，他一招供我就罢手了。就是这样。”

狄公站起身来，俯视着地下痛苦呻吟的三个大汉，右边一人抬着头想要说些什么，但只能发出低沉的哼哼声。

狄公问：“这人你是怎么料理的？”

“他？我当时正踩着他的身体问冯莽话呢，他倒好，唆使廖亭踢我肚子。呸！就这三个草包也好意思自称习武之人！我往旁边一闪，做了个佯攻，等他一抬头，我一记勾拳砸在他喉头上，他还想跑，我只得把他放倒在地。我出手知道轻重，不会取了他性命。”

狄公慢慢捋着胡子，沉吟半晌，忽然厉声道：“冯莽！你抬起头来，本官有话问你。你是何时何地见到谢光的？”

冯莽松开捂着双耳的手，鲜血顿时从他那破裂的耳边渗出来，他带着哭腔答道：“在市集的酒店里，大人！就在前天，以前我们不认识。他给我们一锭银子，说事成之后还有好处可拿。”

“谢光说没说谁是他的主人？”

冯莽疑惑地望着狄公，答道：“主人？小人只知收了谢光的钱，并不知道他有没有主人。那天夜里他就要我们动手，但那天妓院里客人太多，我们实在难以下手。昨晚又是如此。今天一早我们去酒店等谢光，想问他再要几个钱，因为这差事实在不好办。但谢光不在那里，所以我们想在中午人少的时候动手。好不容易将牡丹诱拐出来，带到了僻静的小巷里，谁知竟遇上这……这……”

“小姐！”梁小姐凑到他耳边警告道。

“让她离我远点！”冯莽吓得缩成一团，“看看她都对我做了什么！她用一柄飞刀将我的耳朵钉在门柱上，她还……还……”冯莽语不成调，号哭起来。

狄公用惊堂木狠狠在桌上一拍，厉声喝道：“你们三人可知罪！”

三人吓得连连磕头，供认不讳。狄公对衙役道：“将这三人押入大牢，派人给他们治伤。”衙役们将三人带下。

狄公对牡丹道：“牡丹小姐，现在请你讲讲事情的经过。”

牡丹用衣袖擦了擦脸，轻声答道：“我和三个姐妹正在吃午饭，那三个歹徒闯了进来，一下子将门卫打倒在地，老板上前招呼，也挨了一顿拳脚，他们说要借我一天，夜里将我送回来。接着他们就将我抓住，在我头上蒙了黑布，把我往门外强拽，一路打骂不停。我先假意配合，趁他们不备偷偷挣脱出一只手，猛地扯下蒙在头上的黑布大喊救命。幸好遇上梁小姐——”

“以前可有人诱拐或劫持过你？”

“回大人，从未有过。”

"你的哪位客人可能会干出这样的事？"

牡丹茫然地望着狄公，仔细想了想，摇了摇头，答道："奴家实在想不出有哪位客官会干出这等勾当！我原是运河上游的船家女，刚被卖到这里一年。我的客官不是附近店里的掌柜就是伙计，都是本分和善的人，他们要见我直接过来便是，何必干出这违背律法的勾当？"

"此话在理。"狄公说，"你除了在妓院接客，平时还去餐馆酒肆应酬交际吗？"

"噢，不，大人！我不会歌舞，因此从未有人雇我去交际助兴。但也偶尔也跟随妓院里的头牌姑娘出去应酬，替她梳妆更衣。"

"近两个月来你都去过哪些大小宴席，可还记得？"

牡丹娓娓报出一长串的宴席，狄公仍是毫无头绪。寇元梁、卞葭以及本地的名流富商都不止一次地参加过这些宴席，就连杨掌柜也去过几次。牡丹还记起郭敏也以嘉宾身份参加过一次当地药材商举行的小宴会。

狄公道："客人中可有谁对你特别留意？"

"大人，并没有。奴家只是个侍女，那些财主老爷只跟花魁头牌们调笑取乐，哪有工夫搭理我。当然他们也都给我赏钱，有时数目还不小。"

"你可曾听过唐迈、谢光这两个名字？"

牡丹摇了摇头，表示不知。狄公让书吏读了一遍口供，梁小姐和牡丹确认口供无误，画了押。

狄公再次表扬了两位女子惩恶扬善的行为，宣布退堂。

梁小姐将她的阳伞递给牡丹，“妹子，你替我撑着伞，我受不了外面毒辣辣的日头，况且像我这样有身份的人，出门总要带个侍女。”

说完她径自走了，牡丹温顺地跟在后面，尾随而去。

十四

狄公回到书斋，书吏服侍他脱下官袍，换上凉快的便服。他吩咐书吏将午膳送到书斋，并准备一盆清凉的洗脸水，再传话给门卫，班头一回来就到书斋禀报。

书吏领命退下，狄公低着头在书斋里来回踱步，思索着案情的最新进展。谢光雇用那三个歹徒，显然是出于幕后主使的授意。住在老君庙后巷的那个孟老婆子会不会认识这个人呢？真相来得太容易了，反而不像真的。但有时候，某个幸运的契机确实能解决一桩疑难的悬案。突然有人敲门，狄公想是班头来了，抬头一看却是书吏端来了午膳。

狄公边咀嚼着午膳，边思索着这三起谋杀案，一餐饭吃得索然无味。他意识到案件已经到了审结的关键时刻，凶手的动机终于暴露了出来。起初他推测贪财是主要的犯罪动机，凶手的目的在于盗窃御珠和黄金；后来他又认为嫉妒才是本案的关键，御珠的传说只不过是个骗局。现在他又推翻了之前的猜测，嫉妒也不是凶手的主要动机，显然他是个凶残的恶魔，意图残害女子满足其淫欲。当然，从凶手偷盗黄金和牵涉赌博这两件事来看，这还是个贪财的人，也不能完全排除嫉妒，但这些都是次要的因素，最主要的犯罪动机还是扭曲的淫欲。罪犯一旦怀有这种邪恶的冲动，在他的阴谋受挫时往往会采取凶残的行动，甚至会不顾一切。

嫌疑人已经圈定在三个人之中，狄公对这三人都有了一定的了解，当然，或许还有一个凶手躲在暗处尚未暴露。狄公深深叹了口气。倘若凶手的动机是寻常的贪财、嫉妒或者复仇，那就很容易展开调查：花大工夫细细查探每个嫌疑人的底细，摸清他的身世来历、家庭情况和财务状况即可。但现在所面对的是个变态杀人狂，根本没时间慢慢调查，因为此人随时可能会再次作案。狄公必须当机立断，立即行动。但究竟该对谁，采取什么行动呢？

狄公放下筷子，呆呆坐在那里苦思冥想，书斋里闷热异常，但他丝毫感觉不到。

班头匆匆闯进书斋，一脸的丧气，狄公忙问："出了什么事？"

"启禀大人，卑职几人不费什么工夫就找到了孟老婆子住的宅子。那里原来是一幢旧园邸，主楼早就荒弃多年了，只有后院的库房修葺得十分完好，孟老婆子便住在里面。孟老婆子孤身孀居，只有一个清洁女仆每天早上去那里帮她干点重活。街坊邻居常常看见深更半夜男男女女进进出出，都怀疑那宅子里藏着暗娼。但那宅子周围隔着一片废墟，宅子里的人在干些什么，邻居也看不真切，听不清楚。因此，也没有人知道究竟是谁杀了孟老婆子。”

“什么？孟老婆子被人杀了？你怎么不早说！这究竟是怎么回事？”

“大人，她是被人勒死的。”班头懊恼地说，“就在我们赶到之前，有人拜访了她，因为桌上的两杯茶还是温的。孟老婆子躺倒在地，身旁的椅子翻倒着，一条丝巾紧紧勒在她脖子上。我急忙上前将丝巾解开，但她已经死了。尸首已经带回衙里，仵作正在验尸。”

狄公紧抿着嘴唇，不发一语。这是第四条人命了！他竭力克制住自己的怒火，半晌才平静地说道：“这不怪你，你做得很好，退下吧。”

班头急忙起身退出，正好与洪参军撞了个满怀。

洪参军在门房已经听说了孟老婆子遇害的事，他一进书斋便急切地问道：“大人，这说明什么？”

“这说明我们面对的是一个极端狡诈的对手。”狄公将梁小姐闯入公堂的事细细说了一遍，接着道：“凶手一定是在路上看见了梁小姐带了牡丹押着那三个无赖来衙门。那三个无赖他不认识，因为他雇了谢光与他们谈交易。但他认识牡丹，他在某次宴会上看见牡丹，便动起了邪念，将她列为将来残害的对象。当他见此情形马上就意识到事情要败露，那三个无赖一定会供出孟老婆子的宅子。于是他抢先一步赶到那里，杀了孟老婆子灭口。”狄公愤愤地捋着胡须，叹了口气，转而问道：“你从申八那里打听到什么没有？”

“并没有什么突破。我与申八谈了很久，他尽力去调查了，但只查到暗中左右龙舟赛输赢的人与一桩古董买卖有关。”

“又是古董买卖！天哪！怎么每个与杀人案有关的人都做古董买卖！”

“至于郭敏，大人，那八仙旅馆的掌柜说他是个内向安分的人，按时支付住宿费，也从不惹是生非。我查阅了账册，发现去年以来郭敏共在八仙旅店住宿过八次。掌柜的说他经常突然来，每次逗留不超过三天。他常常一大早出去，很晚才回来，也从未在旅店接见过什么访客。”

“他最后一次来是什么时候？”

“约二十天前。郭敏偶尔也要掌柜替他寻觅个妓女，但他说明不要收费昂贵的花魁头牌，长相也不需十分美貌，只要卫生健康，价格实惠就行。我去了旅店附近的一家窑子，找到几个曾接待过郭敏的妓女，她们也说不出什么来。她们觉得郭敏这人不好也不坏，从不曾对她们提过什么非分的要求，她们也无须做什么刻意讨好他。他也从来不会多给赏钱。有关郭敏的信息就只有这些了。”他顿了顿，好奇地问道：“大人，为何要对郭敏做如此详尽的调查？我还以为……”

敲门声打断了他的问话，仵作进到书斋，对狄公行了个礼，递上尸格，禀道：“大人，这孟老婆子五十出头，除了颈部的勒痕之外全身上下并无其他受伤迹象。我推测凶手在与孟老婆子喝茶时借故离开椅子，绕到她背后冷不防用一条丝巾勒住了她的脖子。凶手完全是下了死手，那丝巾几乎嵌入孟老婆子脖颈间的皮肉里，险些勒断气管。”

狄公道：“多谢。你先将尸体暂时收殓了，通知她的家人尽快来料理后事。天气如此闷热，尸体必须早日安葬。对了，寇元梁可将琥珀夫人的尸首认领回去了？还要尽早通知谢光的父母前来领尸，我听说他们住在长安。那三个歹徒现在如何了？”

仵作答道：“其中两个几天之内就能痊愈，只有那个伤了喉咙的，哪怕恢复得好也要过一两个月才能说话。”

狄公点点头，示意仵作退下，又对洪参军道：“看来那三个歹徒都受到了应有的教训！梁小姐果然手段不凡。啊！这天怎么越来越热了！快把窗户开开。”

洪参军打开窗户，将头伸出窗外，马上又缩了回来关了窗。

“大人，外面比屋里还热，漫天低压压的黑云，一丝风都没有，怕是很快就有一场大雷雨。”

狄公拿起湿毛巾擦了擦脸和脖子，又拧了一把递给洪参军。

“你也擦擦吧。午膳时我又将之前的三起谋杀案仔细分析了一遍。孟老婆子的死并没有改变我之前的推断，我现在把案情跟你梳理一遍。”

“大人不妨先讲讲您为何对郭敏的一举一动那么感兴趣？”

“我马上就要去找郭敏，他是我推论里的重要一环。我们先有条不紊地从头梳理一遍。现在，这几起凶杀案都指向同一个残忍的狂魔，而我们还没有直接证据可以确认他的身份。这罪犯凶恶狡诈，总是先我们一步除掉可能揭露他身份的证人。唐迈、琥珀、谢光、孟老婆子都先后被他灭口，眼下既无证人，又缺线索，再加上反复出现的古董生意、御珠的传说，以及诡谲神秘的白娘娘和她的曼陀罗林，这一切交织出一个光怪陆离的迷案。茶余饭后用来跟三两好友闲谈猜测倒是极好的谈资。但我们现在要尽快破案，抓获真凶！若是迟了一步，凶手肯定会把所有的线索都抹去，甚至还会再杀人灭口。”

洪参军递上一盏新茶，狄公一饮而尽，润了润嗓子，又继续说：“凶手究竟是谁？我认为嫌疑最大的有三人，每个都有犯罪的条件和动机。首要的嫌疑人还是寇元梁。为何怀疑他我已大致跟你说过。如果他确实是本案的元凶，我们来试着重现一下他作案的经过。寇元梁雇用唐迈为他搜集古董，同时也为他猎取女子，满足他见不得人的兽欲。唐迈趁着黑夜将拐来的女子偷偷送到孟老婆子家，而寇元梁自己则乔装改扮去那里。事后他给那些女子金钱，出手大方，因此很少弄出麻烦。此事唯一的风险就是他必须依赖唐迈的协助，而唐迈偏偏又是个精明狡猾、野心勃勃的人，他漫天要价，可能还威胁要揭发寇元梁。这时候，寇元梁又发现了唐迈与琥珀的私情，并且还使琥珀怀了孕，这使他彻底失去理智，起了杀心。他开始耐心缜密地计划复仇，并等待着适当的时机。第一步，他先解雇了唐迈，当然他付了一笔丰厚的酬金，堵住唐迈的口。然后他改雇谢光，谢光不及唐迈精明和贪婪，因此也不容易惹出麻烦。

“当琥珀告诉他唐迈手上有颗御珠要转手时，寇元梁知道复仇的时机到了。作为一个古董行家，他立刻就知道根本不存在御珠，这只是唐迈和琥珀精心设计的骗局，目的是为了从他手上骗到一大笔钱远走高飞。这正是他将计就计的好机会。

“寇元梁叫来谢光，让他先别忙着去诱拐牡丹。残害女子只是寇元梁寻常取乐的手段，此刻他有更刺激的事情要做。谢光答应前去告诉那三个歹徒取消行动，但事实上他没去，这也让我们有幸得到了一些线索。接着，寇元梁给了谢光一张湖畔居的地图，上面标出了亭阁的位置，告诉谢光龙舟赛后唐迈和琥珀会在那个亭阁会面，琥珀身上带着从家里偷出的一包金锭，打算和唐迈私奔。寇元梁要谢光冒着唐迈之名前去，杀死琥珀并取回金锭。当然，他承诺给谢光一大笔酬金，反正他早已打算除掉谢光，因此这笔钱最后还是他的。”

狄公靠在椅子上轻挥羽扇，继续说道：“昨天夜里，他和卞葭在白玉桥酒店招待龙舟赛的一众船员时，先给唐迈下了毒。除掉唐迈可以说是一石三鸟。其一，他杀了奸夫，解了心头之恨；其二，他消除了隐患，不必再担心之前的罪行败露；其三，唐迈一死，卞葭的九号船必败，寇元梁押在龙舟赛上的赌注可以大赢。谢光按时到了荒宅，杀死琥珀，并将金锭带回交给了寇元梁。然后寇元梁告诉谢光这金锭其实是用来购买御珠的，唐迈将那御珠藏在亭阁里，原计划与琥珀带着金锭和御珠远走高飞。他还对谢光说，之所以一开始不透露御珠之事是为了避免谢光在杀死琥珀后寻找御珠，在亭阁里逗留太久。寇元梁约谢光第二天一起去寻找御珠。

“今天一大早，城门刚开，寇元梁和谢光就分头去了湖畔居。寇元梁是骑马去的，他骗家人说是出去散散心，谢光则扮成早出赶工的木匠。寇元梁叫谢光在亭阁里搜寻御珠，趁他不备时用一块砖头砸碎了谢光的头，将尸体扔在院墙外的小沟里，然后骑马回城。

中午，寇元梁前来公堂看审，想探探官府的侦查情况。他见官府没什么进展，便早早退出了衙门。在半路上他看见梁小姐押着三个歹徒向衙门赶来，他虽不认识梁小姐和那三个歹徒，但他却认得牡丹。他立刻便知罪行恐要败露，一旦那三个歹徒招供，官府就会找到他隐匿的魔窟——孟老婆子家，而孟老婆子显然是认识他的。于是，寇元梁火速赶到孟老婆子家，勒死了她。至此，他的一切罪恶目的都达到了，所有可能揭露他的人都被灭了口。”

狄公停了一会，用毛巾拭了把脸，又说道：“如果寇元梁无罪，那么他妻子金莲的病真是因可怕的脑热急症所致，而琥珀身上的伤痕就是她在唐府当婢女时被打出来的，这倒也不是什么稀奇的事。寇元梁确实相信御珠之事，这不奇怪，我乍听之下也觉得这是真的。好了，现在让我们忘了之前的推测，将寇元梁放到一边，再来看看第二个嫌疑人卞葭。

“首先，卞葭的犯罪动机是什么呢？我认为是受挫后的沮丧心理使他变得堕落放荡。他用这种生活态度来反抗他那凶悍的妻子，他妻子善妒成性，不许他纳妾，他的生活十分压抑。加上他的职业又逼他必须假装正经，他不敢公然跟妓女厮混。也许他天生就是个残忍毒辣的人，只是伪装得好。

“总之，卞葭起初只是寻些出身低微，才貌平平的女子发泄，帮他拉皮条的一开始是唐迈，后来换作谢光。至于为何换人，跟刚才分析寇元梁的原因一样。渐渐地，粗野平庸的女子已经无法满足他不断膨胀的变态欲望，他开始觊觎起知书达理、优雅娴静的贵妇淑媛来了。这时，他便动起了琥珀夫人的脑筋，琥珀不仅年轻貌美，而且通晓文墨。他常常出入寇府为金莲看病，早就觊觎琥珀多时。但要想从寇元梁手上攫取琥珀绝非易事，卞葭只能耐心等待时机。他命谢光窥视寇府的一举一动，只要能将琥珀拐骗过来，哪怕只是一夜，他也会付给谢光一笔高额的酬金。

“在这个推测中，唐迈和谢光扮演的角色跟之前不同。谢光从唐迈处探听到他龙舟赛后要与琥珀在荒宅会面，以巨额黄金交易一颗御珠。但是以唐迈的狡猾，自然不会告诉谢光这交易只是他精心谋划的一个骗局，其实他是打算与琥珀私奔。谢光见机会来了，连忙绘制了一张湖畔居的地图，一心想从卞葭手里得到那笔酬金。接着他找到卞葭，跟他说这次有机会把琥珀拐到手。只要卞葭能设法在龙舟赛当晚将唐迈拖住，谢光就冒唐迈之名去与琥珀会面，并将她反锁在那个亭阁里。然后卞葭就能去那儿收拾‘被关进了笼子的小鸡’。他再借机抢走金锭和御珠，与卞葭瓜分。等第二天一早，发现了亭阁中琥珀的尸首，谁都会以为是那些无赖流氓犯下的罪孽。

“卞葭闻言大喜过望。他暗中盘算不仅要得到琥珀，还要拿到那十个金锭。这笔钱正好可以解决他经济上的拮据。我怀疑卞葭并不相信御珠的事，以他的聪明才智，自然猜到这是唐迈捏造的谎言，一切都是为了跟琥珀私奔。但这并不妨碍他的计划。

“卞葭在白玉桥酒店宴请众船员时，在唐迈的酒食里下了毒。这不仅帮他除掉了握有他把柄的人，而且还能让他故意输船，从而在赌局上大赢一笔。当晚，琥珀在亭阁中认出来人竟是谢光，便知大事不好。谢光企图制服她，琥珀拼死抵抗，并抽出一柄尖刀刺伤了谢光的右臂，扭打中谢光杀死了琥珀。杀了人的谢光已经不受寇元梁控制。他从琥珀身上偷走了那包金锭，正打算搜寻御珠，不料我突然赶到。谢光仓皇逃回城里，告诉卞葭行动失败了，并向卞葭索要一大笔钱，补偿他因这桩差事而杀死琥珀夫人所冒的风险。但谢光没有料到他所面对的是怎样残酷暴虐的恶魔。卞葭假意应允，并利用谢光的贪婪，骗他回去寻找御珠。谢光不知这是圈套，今早跟卞葭回到荒宅搜寻御珠，惨遭卞葭杀害。洪亮，再给我倒杯茶，说得我口干舌燥。”

洪参军一边倒茶，一边问道：“大人，那么卞葭今早杀人之后为何不直接逃跑？”

“他杀人之后就藏在通往湖畔居荒宅那条小径旁边的树丛之间，打算等着郭敏到了会面地点，见到了被翻了个底朝天的亭阁，然后他再现身。但好巧不巧，他藏在树丛间看到我们二人也往那里赶去，这就更好了！又多了两个证人，证明他是案发后才赶到的。他紧跟着我们到了亭阁。

“接下来的案情跟上一个假设相差无几。卞葭跟寇元梁一样，都有机会在半路上认出牡丹，因为他也在退堂之前就走了。他也有时间在衙役赶到之前先一步杀了孟老婆子。总之，卞葭虽然没得到琥珀夫人，但他得到的好处可不少：一来，除掉了两个深知他犯罪底细的手下，免去了被这两人讹诈、告发的风险；二来，得到了一包金锭，帮他度过了钱财上的危机；三来，他还在赛船赌局中大赢了一笔。真是机关算尽。”

狄公半晌不说话，远处传来隐隐雷声，室内依旧闷热，他换了条湿毛巾挂在颈间降温。

洪参军沉吟许久，说道：“大人，依我看卞葭的嫌疑要更大一些。有一点很可疑，他曾经极力阻止仵作验尸，言之凿凿地说唐迈是心疾猝发而死的。他还告诉大人，龙舟赛一结束谢光就返回城里了。”

狄公道：“这确实是个重要的疑点，但我们还不能完全断定。唐迈的病症看起来确实很像心疾猝发，而谢光脸上的伤疤又太过显眼，卞葭有可能把另一个脸上有伤疤的人错看成了谢光。”

“大人，谁会去修葺那个亭阁呢？”

“我认为是唐迈。那曾是他的家，没有人比他更了解那个地方了。起初，我错误地以为他修葺那亭阁是为了存放搜集来的古董。但你想那窗格上的铁条，厚重的铁门，门上的新锁——所有的这些显然不是防备外人进入亭阁，而是不让关在里面的人逃出来！比起孟老婆子的家，这亭阁更适合作为隐秘的淫窝，囚禁诱拐来的女子。就像谢光说的，‘没人会听见小鸡的呼救’。”

洪参军频频点头，摸着胡子想了想，皱眉道：“大人刚才说有三个重要嫌疑人，那这第三个是不是郭敏？我认为——”

急促的脚步声从门外传来，打断了他的话。班头急匆匆闯进门，禀道：“大人！卞大夫遭人袭击，险些丧命！就在夫子庙对面！”

十五

狄公大吃一惊，忙问："凶手抓到了吗？"

"禀大人，让他跑了！卞大夫此刻还躺在街上呢。"

"究竟怎么一回事？"

"卞大夫在夫子庙前的街上经过，正要过桥，冷不防被歹徒击倒在地。幸亏古董铺的杨掌柜，他一听到呼救声就从店堂里奔了出来，见歹徒正要去抢卞大夫身上的钱，便大声喝止，追着歹徒跑了好几条街。但到了河对岸的曲巷里，还是让那狡猾的歹徒跑了。杨掌柜确认了卞大夫意识清晰，性命无忧，便让夫子庙的门房照看卞大夫，他自己跑来衙门报案。"班头喘了口气，补充道："卞大夫执意躺在原地，非要等衙门的仵作确认他没有骨折才肯起来。"

狄公站起身，对班头道：“你叫上仵作，再带几个人抬一副担架去现场。洪亮，我们立刻赶去。”

天空中依旧是乌云密布，仿佛要倾压下来一般。狄公一行人疾步穿过闷热的街巷，来到夫子庙前，一群人围聚在那里看热闹，班头分开人群，让狄公上前。

卞葭四仰八叉躺在墙脚，杨益民将一件外褂叠起来垫在卞葭头下。卞葭的帽子掉在一旁，头上的发髻也被打松了，灰白的胡子沾满了汗水，一缕缕黏在脸上，左耳上边高高肿起，左脸一片青肿。他的外袍从肩头一直撕破到腰间，上面沾满了尘土。仵作走到他身前蹲下，卞葭小声嘱咐：“快！先看看我的胸腔、右臂和右腿骨头断了没有。我的头没事，虽然瘀青处疼得厉害，但太阳穴应该没被砸坏。”

仵作敏锐的手指在卞葭的胸腹部按压检查。狄公弯下腰关切地问：“卞大夫，这究竟是怎么回事？”

“禀大人，我正沿着这条街走，去接诊一位产妇。那产妇住在河对岸的半月街。当时街上没有人，我……”他疼得嘴角抽搐，说不出话，仵作正在检查他的肋骨。

“歹徒从身后偷袭了卞大夫！”杨益民愤愤地插话。

卞大夫虚弱地接道：“我忽然听见身后有脚步声，鬼鬼祟祟，正待转身去看，左脸上就结结实实挨了一拳，整个人猛撞在墙上，头晕目眩，摔倒在地。朦胧中我看见一个高大的身影向我扑来，我高声呼救，他对着我就是一顿拳打脚踢。正当他扯开我的外袍时有人来了，他转身便往桥头逃窜，杨掌柜在他身后紧追不舍。”

杨益民激动地说："那歹徒人高马大，穿一身深褐色的衣裤。"

狄公问："你看清他的脸了吗？"

"只是匆匆一瞥，依稀记得是个圆脸盘，两颊上有浓密的短胡髭。卞大夫，你说是不是长这样？"

卞葭点点头。

狄公问卞葭："你身上带了不少钱？"

卞葭摇摇头。

狄公又问："那你带了重要的文书契据？"

"只有几张药方和两张收据。"

仵作站起来轻松地说道："卞大夫不要担心，胸部虽然有些瘀伤，但好在没有骨折。右手肘和膝盖轻微扭伤，没有大碍。等回了衙门我再给你做个详细的检查。"

狄公吩咐衙役将卞葭抬入担架，又对班头说："你派四名衙役去半月街，仔细搜查，看到与杨掌柜描述一致的人，即刻捉拿。"接着，他又转头责问夫子庙的门房："你看见或听见了什么？事发时你在干什么？你可知道自己的职责就是看守夫子庙？"

"小人……小人当时正在打盹，"门房诚惶诚恐，结结巴巴地答道，"是杨掌柜将我叫醒的。"

杨益民连忙说道："平常这时候我也在午睡。今天店里的伙计在楼下挑拣出了一批贵重的翡翠玉器，我下楼去检查所有的东西是否都锁入橱柜了，恰巧就听见外面有人呼救。我立刻就冲了出去，见歹徒正在撕扯卞大夫的长袍，似乎要抢夺什么。他见我赶来便撇下卞大夫仓皇逃去。我连忙去追，但哪里追得上，哎，人究竟是上了年纪。”他脸上露出苦笑，一面不住摇头。

狄公道：“杨掌柜，多亏你救了卞大夫性命，请跟我们去衙门里做个笔录。”

两名衙役将担架放在地上，仵作、杨益民和洪参军小心翼翼地将卞葭移到担架上，一行人往衙门赶去。狄公小声对洪参军道：“时间选得真好，午休时间四下都没什么人，桥那头的半月街又是街巷交错如迷宫一般，正是逃窜隐匿的好地方。”

到了衙门，狄公吩咐班头：“你立刻快马去码头，登上郭敏那条船，叫他来衙门，如果他不在，你就等到他回来。快去！”

班头领命匆匆走了，狄公又小声对洪参军道：“你快去寇元梁府上，看他是否在家午睡！”

狄公回到书斋，给自己倒了杯茶一口气喝干了，坐在书桌边苦苦思索。他紧锁着眉头，想要理清脑海里的千头万绪。这件事很不对劲，狄公心中有一种朦胧的直觉，他感到有一个新的解释可以解开这一整个案件。他的灰色外袍浸透了汗水，湿答答黏在后背和肩膀上，但他浑然不觉。

突然，他直起身子，自言自语道：“是了！就是这样！一切都解释得通——除了作案动机！”狄公又将身子埋进椅子里，思索着下一步的行动。虽然刚才想到的这个推论是完全有可能发生的，但仅凭直觉就采取行动是否合理呢？

通过审慎的逻辑推理所得出的结论是否一定比单纯靠直觉得出的结论可靠？能不能想出一个两全之策，能同时验证直觉和逻辑推论呢？狄公捋着胸前的长须，又一次陷入了深思。

过了小半个时辰，仵作进了书斋，禀报道：“大人，卞大夫已经没有大碍了。我在他胸口上涂了一层药膏，扭伤的左手臂绑了绷带。此刻他已经可以撑着拐杖走动了。大人，卞大夫问此刻能否让他回家去好好休养？”

“就让他在衙门里休养。”狄公见仵作一脸困惑，解释道：“一会儿，我还要跟他了解些情况。”

仵作走后不久，洪参军来了。狄公示意他坐下，焦急地问：“怎么样？寇元梁在家午睡吗？”

“果然不在！大人。寇府的管家告诉我，寇相公嫌家里太热睡不着觉，便去城隍庙烧香了。琥珀夫人的棺椁暂时停在那里，还没选好吉日下葬。我去时寇相公刚烧完香回府，我告诉他大人随时会召他到衙门问话，让他在家等候。”洪参军忧心忡忡地问，“大人，卞大夫突然遇袭这事该如何解释呢？”

“如果这只是一起单纯的抢劫，那么卞葭仍然是重要的嫌疑人。可如果这次袭击意在谋杀，那卞葭就是无辜的。他一定知道什么重要的线索，可以指认凶手，因此凶手才要杀他灭口。若第二种假设成真，则最有嫌疑的人就是寇元梁。刚才他借口去城隍庙烧香，正是雇凶杀人的好机会。哦，卞葭提出要回家养伤，我让他在衙门里休养，以防歹徒再次对他下手。你叫寇元梁在家等候衙门召见，我很高兴。这个案子还有第三个嫌疑人，那就是郭敏。”

洪参军惊叫道：“大人果然是怀疑郭敏！但您的依据又是什么呢？当然，郭敏的形貌很像之前杨掌柜描述的歹徒，但您在这事发生之前就已经疑心郭敏了。”

狄公微微一笑，说道："洪亮，我一想清楚那张麻将牌失落的原因，就立即怀疑到郭敏了。"

"一张麻将牌？"

"不错。一张白板。昨晚，我和家眷在船上打牌，有人从我们的牌桌上偷走了一张白板。有机会下手的只有三人——寇元梁、卞莨和郭敏。卞莨和寇元梁是上船来禀报龙舟赛准备就绪的。当时，看茶的丫鬟将桌上的四副牌放倒，而牌池中的牌是朝天的。郭敏趁着我和内眷靠在围栏上看风景，偷偷溜上了船。他最有机会偷走那张白板。"

"但凶手要一张麻将牌有什么用呢？"

狄公苦笑道："凶手远比你我机警。他见牌池里有一张朝天的白板，立刻就联想到这张白板与城门守卫发放给百姓深夜回城的竹牌十分相似。他一下子就想到了这一点，而我却花了将近两天才想明白！他想到谢光深更半夜从曼陀罗林回城，若没有竹牌就要在南门守卫那里登记身份。若案发之后官府排查龙舟赛当晚深夜回城的人，守卫很可能会想起谢光，毕竟他脸上的疤痕太过引人注目。因此，凶手灵机一动偷了桌上的白板，用笔在上面画了个数字，交给了谢光。谢光从亭阁里作案回来果然就用了那张白板冒充的竹牌。后来，南门校尉将两枚数字重复的竹牌交到了我这里，其中一枚就是那张白板冒充的。"

"凶手真是大意了。"洪参军恍然大悟。

"他很是谨慎了。只不过他哪里能想到我对一张丢失的麻将牌会这么上心，还将它联系到这谋杀案上来。好了，推理就到这里！我们必须尽快采取行动，时间紧，任务重！我们必须进行广泛侦查，一举将所有的嫌疑人都摸个清楚，但时间不多了！绝不能等凶手再残害无辜的人命！在行动之前，我们要先把郭敏控制住。你去看看班头从码头回来了没。”

洪参军领命匆匆去了，狄公站起来打开后窗，将身子探出去，窗外微风习习。他俯身在假山间寻找，见那乌龟正在金鱼池边缓缓爬行，好奇地伸着脖子四下张望。这时，狄公听见洪参军走进书斋，便转过身来。

“大人，班头还没回来。”

狄公忧心道：“希望郭敏不是潜逃了！”过了一会儿，他又摇了摇头，“不会，郭敏绝不会逃跑。他不会干出这种蠢事。趁着等消息，我来解释一下郭敏在这三起凶案中扮演着什么角色。

“我推测，郭敏在长安城里过着循规蹈矩的生活，只有趁着到外地出差，他才能放纵自己邪恶的淫欲。他为人小心谨慎，即使在外面纵情声色，也绝不泄露半点行迹。他甚至故意住在廉价旅馆里，偶尔让旅馆账房叫一两个健康、便宜的妓女，以维持自己克勤克俭的正人君子形象。郭敏多次来到浦阳城，在古董生意中结识了唐迈和谢光。他先雇用了唐迈，后又改雇谢光，为他猎取女子。同时，又因为古董买卖，他与寇元梁有了交往。杨掌柜曾告诉我，寇元梁有时在郭敏手里购买古董。郭敏在拜访寇元梁期间，一定见过琥珀，因为琥珀平时是寇元梁的助手，帮他整理古董。郭敏被琥珀的美貌、气质、学识迷住了，一心想夺取琥珀，虐待她从而获得快感。郭敏让谢光密切监视，一有机会可劫获琥珀便立刻通报给他。”

“几天前，郭敏写信告诉谢光，他将要来白玉桥镇。于是，谢光就雇用了三名歹徒，强掳了牡丹讨好郭敏。牡丹就是郭敏早先在宴会上看中的，他告诉了谢光将来要对她动手。昨天一早，谢光兴冲冲赶到白玉桥，告诉郭敏强掳牡丹的计划，同时还告诉他一个天大的好消息：当晚，郭敏就能得到他心心念念的琥珀。谢光向郭敏透露，唐迈和琥珀要在荒宅里会面，交易一颗价值连城的御珠，并自告奋勇顶替唐迈去赴约。郭敏大喜过望，满口答应了谢光的计划。如果成功了，他不仅可以得到琥珀，还能拿到那十锭金。至于御珠，郭敏未必真的相信，但他不露声色。首先，郭敏要设计除掉唐迈。据谢光的线报，龙舟赛之前，寇元梁和卞葭会在白玉桥镇的酒店里宴请众船员，这就是除掉唐迈的好机会！郭敏立刻捎信给卞葭，约他当天下午会面。卞葭回信说下午没空，但会在傍晚时分与郭敏会面，这就更好了。郭敏跟卞葭去了酒店，趁机在唐迈的酒里下毒。等谢光在亭阁里制伏了琥珀，郭敏便可赶去行凶。第二天一早，他再约了卞葭去荒宅参观他的地产，假装在亭阁中‘发现’琥珀的尸体。此外，贪财的郭敏，必然还押了大量的赌注在卞葭的输场上。最后，他又让谢光取消那三个歹徒的行动。此时，郭敏的全副心神都放在琥珀身上，姿色平平的牡丹已经提不起他的兴趣了。”

外面雷声滚滚，隆隆巨响由远及近，狄公沉吟不语，暴风雨就要来了。

洪参军问道：“大人，昨晚郭敏竟还有心思来看看你的官船，这是为何？”

“这个问题我也想过。唯一的解释只能是郭敏有意在我面前现身，以证明他龙舟赛时始终在场，直到深夜才返回白玉桥的船上。但他船上的船员都喝醉了，孙强又病得昏昏沉沉，所以根本没人知道郭敏的动向。事实上，郭敏到了我的船上，偷走了那张白板，交给谢光，然后匆匆赶回白玉桥，焦急地等候谢光来报喜讯。深夜谢光赶到白玉桥，告诉他事情搞砸了，他不得不杀死琥珀，只带回十锭金，因为有人尾随琥珀去了那亭阁，他险些被人抓住，拼命逃了回来。郭敏顿足长叹，错失了琥珀这样难得的大美人。但好在有那十锭金，这对他来说要比美人更重要。第二天一早，就跟之前的假设一样：郭敏劝谢光再去亭阁寻找御珠，趁其不备用砖头砸碎了谢光的头，将尸体扔到矮墙外的小沟里。中午，又抢先一步去杀了孟老婆子。”

洪参军问道：“然而今天早上郭敏见了谢光的尸体，当即就呕吐了起来，这可不是轻易就能假装的。”

狄公不以为然道：“郭敏呕吐时背转了身子，我们又一心关注着谢光令人悚然的尸体，说不定郭敏是偷偷用手指挖进喉咙装吐的呢！”

这时，班头终于回来了，满面笑容地回禀道：“大人，属下在船上等了半日，终于将郭敏带回衙门了！船主告诉我，郭敏和他的伙计孙强午饭后就上街采买货物去了。孙强独自先回来，说郭敏在码头附近商洽一桩买卖。我立刻赶到那里，见郭敏进了一家小药铺，赶紧跟进去将他带回了衙门。现在他正在外面门房等着大人的传唤。”

“很好！卞大夫现在哪里？”

“回大人，正在后厅跟仵作喝茶闲谈。他已经做了笔录，杨掌柜的笔录我也一并带来了。杨掌柜铺子里有事先回去了。”

狄公接过两份笔录扫了一眼，递给洪参军，转头又问班头：“你们抓到袭击卞大夫的歹徒没有？”

班头沉下了脸，垂头丧气地说：“禀大人，还没抓住。半月街上挨家挨户都问了，所有可疑的角落也都搜遍了，连一点蛛丝马迹也没找到。”

狄公没有斥责他，只吩咐道：“告诉郭敏，我过一会儿再见他，等卞葭、寇元梁都到场之后，我再同他谈。这只是私下的叙话，不是公堂审问，因此我决定借寇元梁的府邸，与寇元梁、卞葭、郭敏一起聊聊。现在，你去备一顶轿子，把郭敏和卞葭送去寇元梁府上。再传话给寇元梁，说我要在寇府书斋里与他三人畅谈一番。那个书斋单独在一个小院里，十分幽静，昨晚寇元梁就是在那里招待的我。你告诉寇元梁，我这里处理完例行公务就过去。都记下了吗？”见班头点了点头，狄公又说：“你把卞葭和郭敏送到寇府后立即回衙门听候差遣。”

班头领命去了。洪参军急切地问道：“大人是想将这三个嫌疑人聚到一起，好听出他们言辞间的冲撞矛盾，让真凶自己露出原形？”

狄公点点头：“这正是我所希望的！现在我需要你跑一趟，去弄一条木头手臂来。”

“木头手臂？”洪参军摸不着头脑。

“你去杨掌柜铺子里看看，问他能不能借我们一条。他库房里横七竖八倒着一些佛像，木头手臂肯定是有的。我要一条左臂，与真人的一般大小。请杨掌柜将手臂漆成白色，并在食指上戴一枚廉价的红宝石黄铜指环。你告诉杨掌柜，我今晚在寇元梁的书斋里与卞葭、郭敏等三人会面时要用到它。”

窗外忽然现出一道闪电，紧接着是一声震耳的惊雷，狄公站起身来，说道：“这天眼看要下大雨，你坐一顶小轿速速赶去，等你回来我再解释。时间紧迫，快去快回！”

十六

黄昏时分，狄公的官轿才到寇府前院。前院的屋檐下早悬挂起了六个大红灯笼，每个灯笼上都写着“寇府”两个大字。

灯笼的红光映着寇元梁焦急的愁容，他一见官轿停下，忙带着管家上前恭迎。他已在前院等候多时了。

狄公、洪参军先后下轿，寇元梁鞠躬致礼，狄公微笑点头，亲切地寒暄道：“寇相公，衙门有点急事脱不开身，让你们久等了，还望见谅。郭掌柜、卞大夫想必已经在府上了。”

“是，大人。大家心中担忧，恐怕您在路上遇到暴雨。”这时又是一道电闪接着一阵闷雷，寇元梁忙道：“大人，这边请。”

寇元梁引着狄公和洪参军穿过回廊，来到后花园的一幢小楼，楼上便是他的书斋。狄公见书斋里的陈设布置与昨晚无异，心中很是满意。后墙边燃着三对大蜡烛，将书斋内照得通透明亮，左首立着一个大古董柜，里面陈列着许多古玩瓷器和西洋琉璃，右首一面墙边放着一排书架，架上堆放着许多古籍和字画。地上铺着厚厚的深蓝色地毯。正中央一张乌木方桌，四把靠椅。卞葭和郭敏则坐在角落里的一张茶几边，茶几右边是一扇窗户。

两人急忙起身上前，向狄公作揖问安。他俩面色憔悴，满身大汗，显然是在这闷热的书斋内惴惴地等了半日，变得焦躁不安了。狄公见了不由得心下暗喜，愉快地说道："两位先生快请就座！卞大夫，见你平安无事，我才放心下来，今后还要少走动，多静养。很抱歉让诸位久等，衙门的公事你们也知道……"见管家端来茶水，狄公转头对寇元梁道："寇相公，这书斋里真有些闷热，不过你关窗是对的，眼看就要有一场暴雨。说来，本地的天气真算不上坏的，诸位想必也去过北边，那冬天的严寒……"

趁着上茶的工夫，四人寒暄了一番。狄公呷了一口茶，爽朗地笑道："这真是好茶！寇相公果然品味不俗！"

狄公谈笑风生，诙谐生动，寇、卞、郭三人深受感染，也渐渐放松下来，不再拘束。卞葭拭了拭额角的汗水，问道："大人，那个袭击我的歹徒抓到了吗？"

"还没抓到。卞大夫尽管放心，衙役们正在加紧追捕，叫这恶棍插翅难飞！"

卞葭歉疚道："我真不该在这时候给大人添麻烦，大人近来正忙于处理那骇人的谋杀——"他急忙止住话头，瞥了一眼寇元梁，改口道："大人近来正忙于处理其他要务。"

"是啊，我近来可以说是焦头烂额，因此特地邀请诸位今夜在此叙话，希望各位能谋划妙计，解我燃眉。”狄公转头对寇元梁道：“寇相公，在你悲痛的日子借用书斋你不会介意吧？但既然你是凶案的受害者，我希望你能……”寇元梁低下了头，满脸沉痛，狄公不再继续下去，转而说道：“我看茶水点心都已上齐了，让管家退下吧，今夜这里由洪参军侍奉。”

等管家转身出了门，狄公往前倚了倚，继续道：“我一向认为，地方官员应当多问计于当地的名流士绅，你们这些人深谙本地的风土人情，总能提出有见地的计策。”说着他转头对郭敏笑了笑，“郭掌柜虽不是浦阳人士，但与本县有多年的贸易往来，因此我冒昧将你也算上了。”

不顾卞葭的一脸惊讶，狄公又道：“实不相瞒，我现在急需诸位帮忙出谋划策。四条人命相继被害，我却全无头绪，凶手至今逍遥法外。是以今天邀三位在此，讲讲这几天侦查所得的线索，想听听诸位先生高见，或能使我有计可循。我深知要在三五天内破解这宗迷案，几乎是不可能的，但也无妨，进展再缓慢，也要抓到凶手。”

郭敏扬了扬细长的眉毛，问道：“大人的意思是我要一直待在浦阳，直到破案？”

“郭掌柜，这也不一定。有些错综复杂的案子有幸遇到一个转机，竟能出人意料地一举侦破。来，我们先吃些瓜果，休息片刻再谈公事。”

洪参军端上四个古色古香的彩釉瓷盘，盘里盛着的冰镇西瓜，众人纷纷拿来消暑。寇元梁此时突然解开了心中的郁结，讲起曾买到一幅赝品字画的趣事。狄公也讲了在公堂上发生的一个笑话，他言语风趣，逗得众人捧腹。尽管书斋里空气窒闷，但气氛变得轻松愉悦起来，大家有说有笑，一扫之前的阴霾。

洪参军给各人斟了一杯新茶，狄公忽然站起来，严肃地说：“三位先生，我们再来讨论正事吧！”

他说着走到书斋中间的乌木方桌边，挑了一边，在椅子上坐下——他的左边对着窗户，右边对着书斋的门。洪参军上前将其余三把椅子并排移到狄公对面。狄公招呼他们三位上前就座，卞葭坐了正中，与狄公正好面对着面，郭敏坐右边，寇元梁坐左边。

狄公将桌上的一座大烛台移到他左边的桌角上，抱怨道：“天太热了！洪亮，你把墙边的一排蜡烛都灭了吧，烧得室内愈发闷热。我最近眼疾犯了，被烈日灼伤，畏惧强光。你们看我眼睛又流泪了，我的手帕在哪里……”他说着伸手在袖子里摸索起来，取出一个信封，惊叫道：“哎呀！差点忘了这封信！刚才正要赶来赴约，收到了这封信，上面还写着‘绝密’和‘紧急’的字样。嗯，请诸位先生稍等片刻，让我看看这信。”

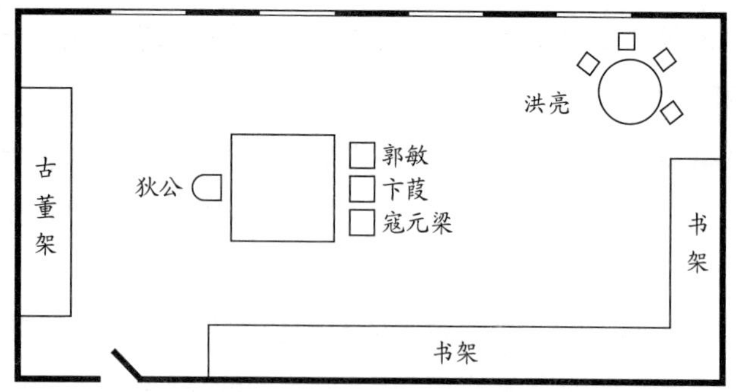

狄公撕开信封，抽出一张折叠整齐的信纸，密密麻麻写满了字，字迹十分潦草。狄公一面看阅，不觉轻声念了出来：“有人告发说他有个侄女在一个大户人家当侍婢，一日被人劫持去玷污了。哎，可怜的丫头必是落入了哪个心理变态的暴徒手里……”

静静看了一会儿，狄公又喃喃念了出来：“那人说他的侄女曾偷偷看了一眼施暴歹徒的脸，竟是本县的一个名流！因此，他思来想去踟蹰了几天，才鼓起勇气报官，那歹徒正是……”狄公将信纸往凑近了，眯着眼仔细看了看，叹道：“唉，实在看不清！真没见过如此潦草的字迹！寇相公，你帮我把下面的念一遍。”

狄公作势要把信纸递给寇元梁，忽一转念又缩回了手，带着歉意微笑道：“不，我不能将告发犯罪的密信给外人看！还是留着回衙再细看吧。”

狄公将信纸折叠好，重新收进袖子里。

郭敏脸色不豫，说道：“那人所告之事简直荒谬，确实该三思而行！”

“在事情没查清楚之前，怎么能断言这事荒谬？”狄公的语气突然变得严肃，“我怀疑我们要找的杀人凶手正是信中告发的那个暴徒。”

狄公靠在椅子里，打量着对面的三人。蜡烛的光影里，他们的脸部渐渐绷紧，显得十分紧张，刚才轻松的氛围一扫而空。

狄公仍不说话，静静地环视书斋。洪参军坐在角落的茶几旁，盯着托盘上的小蜡烛。书斋里一片幽暗的阴影，之前熄灭的六支大蜡烛的气味弥漫在空气中。

室内一片寂静，令人坐立难安。而狄公则漫不经心地转头看着门口，那里一片黝黑，微微开启的门缝中透进一丝微光，是走廊上的灯笼。假使有人在门外偷听，那么他一定会把门开这么一条缝隙。但转念一想，狄公又认为这是自己的错觉。他决定专心对付面前坐着的三位。

狄公又开口道："刚才我说那凶手是个异常凶恶的变态，是有根据的……"他忽然噤了声，依稀听见有人轻轻推了一下房门。他飞快地向右一瞥，除了门缝里透进来的一丝微光外，什么也没有，看来刚才是错觉。狄公清了清嗓子，继续道："他之前犯下的一个失误已经暴露了自己的品性和嗜好。"

狄公边说边仔细观察着对面的三人。寇元梁不停地调整着坐姿，局促不安。卞葭双唇紧抿，呆呆望着狄公，左颊的乌青衬得脸色愈发苍白。郭敏倒是镇定克制，拿捏了一副好奇而不失礼貌的神情望着狄公。

狄公波澜不惊地解释道："但凡杀人夺命的，都是些冷血之徒，没一个正常人。而如果杀人动机是满足变态的淫欲，那罪犯往往容易失去理智。因为这种人的生活非常糟糕，平日里要装出一副正人君子的腔势，极力压制内心的犯罪冲动，受尽煎熬。我审过不少杀人犯，招供中个个都是苦不堪言。他们每天都深陷绝望的挣扎之中，几近精神崩溃。骇人的幻觉时时折磨着他们，眼前常常是森森炼狱，死者的冤魂张牙舞爪，纠缠不休。"

狄公又是一阵沉默，静静地观察着四周的动静。这次他确定听到了关门声。他不动声色地用眼角向两边瞥去，见黑暗中有东西渐渐移向房门和古董柜之间的墙角。有人溜了进来。这是他原先没有预料的，狄公原以为那人只会在门外偷听，不会轻易现身。事已至此，狄公只得继续说道：“在审讯中，一个杀人犯说他每次入睡便感到有只手从胸口一路摸索，死死勒住他的脖子，正是他所虐杀的女子的断手。”

“那只是个噩梦！”卞葭惊叫出口。

“谁知道呢！”狄公道，“那人后来果然勒死在牢里，就在行刑前几个时辰。我只得上报大理寺，说这犯人畏罪自杀了，可能事实确是这样，若是另一种可能……”

狄公摇了摇头，慢慢捋着胡子，思考了一会儿，又继续道：“因此，眼下这个案子的凶手才会乱了心神，不小心露出马脚。在我看来，他的杀戮恐怕是激起了白娘娘的不满。唐迈之死或许暂时让白娘娘开了颜——旧时百姓们不是将年轻后生献祭给她吗？在神庙的祭坛上，割断后生脖颈上的血脉，让献血喷洒在白娘娘的神像上。但后来凶手又杀了琥珀夫人，在娘娘的圣林里，杀了一个她庇佑的女子，这显然冒犯了神灵。凶手狡诈异常，但恐怕是杀红了眼，失了心智，终究还是露出了马脚。他显然是忘了，在杀人时——”

“杀谁？”寇元梁不禁问道，嗓音干哑异常。话一出口，他看了看卞葭和郭敏，结结巴巴地解释道：“大人，请原谅我的……我的失礼。但……我想，凶手共杀了四人……”

外面传来一声闷雷。

“寇相公，雷声沉沉是有些吓人，你别过于紧张。”狄公说道。在这寂静的内室，他的声音显得有些尖利。

突然，洪参军惊呼道：“大人，房门好像被人推动了！要不要我过去看看？”说着，急忙走到方桌边的三人身后。

狄公一时不知如何应对。由于一个特殊的原因，他事先不能告诉洪参军，他今天布下的局可能会引来第四个嫌犯。显然洪参军看见那闯入者离去，但他错以为有人刚刚溜进了书斋。万一那人还在书斋，狄公不敢大意，假装浑然不觉有人闯入，高声喝道：“肯定是一阵闪电，你看花了眼！回去坐着，不许再打断我！”

狄公听到一阵窸窸窣窣，以为是洪参军走回去时棉袍发出的声响，仔细一听，这不是洪参军发出的！那声音从他身后传来，是滑溜溜的丝绸窸窣声——有人正靠近他的后背。狄公飞快地看了桌子对面三人的脸色，却并不见有惊慌诧异。烛光微弱，除了狄公的脸，他们什么也看不清。

狄公竭力镇定，若无其事道：“除了凶手犯下的那个失误之外，今天我还得到一个更加重要的线索。凶手不仅雇用秀才谢光为他诱拐女子，而且还雇了另一个人，为他谋划更加可怕的勾当。谢光这厮一喝酒就话多，有个无赖常跟他一起在酒馆厮混，酒酣耳热之际便泄露了这个消息。”

狄公身后的窸窣声更清晰了，他已经感到了背后那人轻轻的呼吸声，不由得浑身紧绷，全神戒备，巴望着那歹徒从右边动手，这样借着微弱的烛光，他尚可抵御。这时，狄公感到那人的呼吸已经在他正后方了。

对面的三人注意到狄公脸色骤变，卞葭小声问道：“大人，出什么事了？为何——”

一声震耳霹雳打断了他的问话。

狄公脑海闪过一个念头，他必须趁歹徒不备，立刻跳起来，转身揪住歹徒。但是不行，仅凭着溜进书斋这一点，还不能证明那人就是凶手。这时，有人牵动了狄公的衣袖，但他只得不动声色。豆大的汗珠从他脸上滑落，他声音大变：“那个雇主是本地有名的人物，他不仅毒死了唐迈，还亲自用一条丝巾勒死了孟老婆子。她的死状很惨，被人从身后勒住了脖子，惨白的双手拼命挣扎，但那丝巾嵌进了肉里，几乎勒断了她的脖子。她尸骨未寒，如果她的鬼魂此刻悄悄溜进我们中间，慢慢……”

狄公突然发出一声尖利的惊叫，瞪大了双眼看向三人身后，对洪参军大喊：“洪亮，谁站在你身后？”

三人惊恐万分，一齐回头。洪参军弹跳起来，手臂乱舞，拼命向他们冲过来。这时，狄公飞快地从袖子里取出一件东西，偷偷放在桌上，惊叫道：“你们看！”

三人又猛然回头，“啊！——”的一声尖叫，骇然瞪大了眼珠。一条白色的手臂抓着桌沿，竟还缓缓朝着蜡烛移动！白色的食指上带着一枚戒指，猩红的宝石闪着幽光。这是一条刚被砍下来的手臂，截断处血肉模糊。

手臂忽然改变了方向，朝卞葭三人移动。

卞葭吓得跳了起来，碰翻了椅子。他脸部扭曲，面色青灰，紧盯着那条手臂。忽然，他哀号起来：“我没有杀她！饶命！我没有杀她。我只毒……毒死了唐迈，我不是故意的！那人骗我说……”

狄公并没听卞葭在说什么。他趁机猛地站起，转头伸出右臂向身后抓去。突然，他僵住了，一阵莫名的恐惧席卷而来——他身后的黑影里又伸出一条白色手臂。

十七

霎时间，狄公以为真的引来了厉鬼。然后他看到了手臂上垂下来的玄缎水袖，顿时松了口气。手臂指着书斋的门，此刻正半开着。走廊上的灯光照进来，一个大汉呆立在门柱边。

“你逃不过我的眼睛，快走进来！”狄公身后传出一个轻柔而坚定的声音。

寇元梁闻声大惊，郭敏和卞葭也吓了一跳，三人一齐望着狄公身旁的女子，怔怔说不出话来。女子穿着玄缎长裙，身材颀长，脸色有些苍白，但容貌甚美，正是寇元梁的妻子金莲。

狄公趁人不备，赶紧拿过方桌上的那只白手，藏进衣袖，又拿过烛台高高举起。

这时，众人都看清了屋里还有个大汉。他紧贴着墙，瑟缩在古董柜边上的角落里，手臂半举，双拳紧握，像是要抵御什么看不见的东西。而他的一双眼珠，紧紧盯着金莲。

金莲抬起纤细的手腕，向他招招手，他则木然地一步一步走向金莲。

书斋门被完全推开了，班头带着一队衙役赶到。狄公向班头使了个眼色，让他在门外等候。

大汉又朝金莲走了几步，他始终盯着金莲，双眼呆滞，像是被催眠了一般。

“我没有杀人！”卞葭彻底崩溃，不顾一切地号啕出声，他整个人都委顿在地，洪参军赶紧上前将他扶起。

寇元梁快步走到金莲身旁，小心翼翼地问道：“你应该……你怎么来的这里？……”

金莲并不理会寇元梁，目不转睛地盯着大汉，双眼燃烧着奇异的火焰。

“今夜，你下了个狡猾的圈套，只等着我往里钻。你牵着两匹马在隔壁巷口等，我们约好了在那里会面。你说带我抄近路去曼陀罗林采撷神奇的药草，可以治愈我的不孕——我和丈夫多年来一直盼着生个儿子。”

她的声音没有任何波澜，竟不似活人：“到了曼陀罗林边，你说这药草长在林子深处，在白娘娘庙附近。我真害怕走进那个黑黢黢的林子，你举着个火把在前面带路，到了白娘娘庙，你把火把插在墙壁的砖缝里。你回过头看我的表情，我真是没见过更吓人的样子了。我见那高大的白娘娘神像，心中已有几分骇然，但我更怕的是你——杨益民！”

杨益民动了动嘴唇想要张口，但金莲紧接着说道：“你先是恬不知耻地向我示爱，说什么我是这浦阳城里最美的女人，说你如何如何倾慕于我，求我跟你远走高飞。我狠狠斥责了你，你这衣冠禽兽，竟敢拐骗良家女子。你跪下来求我不成，骤然翻脸，露出了禽兽面目。”

杨益民浑身颤抖，魁梧的身躯险些支撑不住，金莲的目光仿佛熊熊烈焰，让他无处遁形。

“今天，我当着我丈夫的面告发你，你这丧心病狂的恶魔，竟在白娘娘神像下污辱了我！你将我赤身绑在神像前的祭坛上，恐吓我说要将我的血管一根一根挑断，让我的鲜血溅洒在白娘娘的神像上，将我慢慢折磨而死。你肆无忌惮地说我的家人会以为我失踪了，我的尸体会在这荒庙里慢慢腐烂，没人会发现这一切。你还嘲讽地叫我向白娘娘求告，求她救我一命。恰巧墙上的火把快要熄灭了，你撇下我去林子里拣拾枯枝回来生火。

我朝天躺在白娘娘脚下，万念俱灰。突然，我看见白娘娘手指上那枚红宝石指环闪烁着神圣的红光，那红光竟暖和了我赤裸的身子。我躺在冰冷的汉白玉祭坛上，向白娘娘苦苦祈祷，求她救我一命，求她将我这个被污辱、被折磨的女人从一个毫无人性的恶魔手中救出来。或许是我命不该绝，白娘娘真的显灵了。我感到右手腕上的绳索松动了，我拼命挣脱出右手，又解开了左手和双脚上的束缚。我站起身来，感激涕零地对着白娘娘磕了几个响头，抬头见白娘娘的嘴角微微上翘，露出慈祥的微笑。

我慌忙跳下祭坛，穿上破烂的衣裙，从白娘娘神像后面的墙缝中逃出了庙殿，钻进茂密的曼陀罗林，拼命奔逃。身后传来你

白娘娘（高罗佩　绘）

的喊叫声，我吓得魂飞魄散，顾不得树枝荆棘，发疯似的奔逃，衣裙几乎全部撕破，浑身血淋淋的。后来……”

她转过头看了一眼寇元梁，露出困惑的神情，用几不可闻的声音说道：“后来我一直迷迷糊糊，不知发生了什么。现在我恢复了神智，回到了自己家中。我……”

她双脚一动正要下跪，寇元梁急忙抢上前，将她扶起。

寇元梁百感交集，疑惑地望着狄公，颤抖的嗓音问道：“大人，我完全不明白这是怎么回事？今晚金莲一直在家里，她怎么会遭了……”

狄公沉声道：“你的夫人刚才所讲的是四年前发生的事。”

十八

寇元梁体贴地扶着金莲，将她送出了书斋，吩咐丫鬟悉心照料。狄公命班头和四名衙役进来，控制住杨益民。

狄公喝道："把靠墙的一排蜡烛点起来！"

天上又是一声惊雷，倾盆大雨哗哗砸在屋顶上，狂风吹得门窗砰砰作响，暴风雨终于来了。

卞葭指着杨益民，颤抖着声音说道："就是他……他给我的药！他说只是寻常的蒙汗药，我哪里想到……"

狄公冷冷地说："卞葭，偷本官白板的人是你！"

"大人开恩！我不敢有所隐瞒，那是有原因的，杨益民告诉我他要让谢光顶替唐迈去赴约，就在龙舟赛结束后的深夜。那天下午我问谢光是否在南门领了进城的竹牌，他说没有。后来，我恰巧在大人的官船上见了那枚白板，鬼迷心窍地就将它偷偷藏进了衣袖，胡乱画了个数字，交给了谢光。”卞葭哀哀看着狄公，哭诉道：“大人，都是杨益民逼我做的！我对天发誓！我欠他一大笔钱，根本还不清……我做生意亏了血本，债主追着不放，老婆又一天到晚在家里奚落我。杨益民是我的大债主，手里捏着我的生计，轻而易举就能毁了我……那天，他给我一个小纸包，说是蒙汗药，绝不会伤人性命。当时，我真没看出这药有毒！后来唐迈死了，我知道坏事了，一时糊涂，就说他是心疾猝发……”

卞葭用手捂着脸，泣不成声。

狄公沉声道：“卞葭，你早就知道凶手的阴谋，却不及时揭发，反而还为虎作伥。等本官处理了这里的事再来量定你的刑期。班头，派两个人将卞葭押回大牢。”

狄公说着从地上拾起卞葭的拐棍还给他。两个衙役押着卞葭，一瘸一拐地去了。

杨益民始终木然地杵在墙角，面无表情，仿佛一具雕塑。

狄公转身对他道：“杨益民，罪恶滔天，杀人如麻，非最残酷的刑罚不足以惩戒你的罪恶。快给本官一五一十地招了，你如何胁迫卞葭给唐迈下毒，如何雇用谢光杀害了琥珀，又是如何亲手杀死了谢光和孟老婆子。本官劝你不要再耍什么花招，从实招来，或许还能得到宽大处理，留个全尸。”

杨益民双目空洞，怔怔望着前方，对狄公的话恍若未闻。

狄公又继续问道：“你还须招供，如何偷盗了白娘娘神像下面暗格里的黄金祭器。”

杨益民木然答道：“大人可派人去书斋墙壁的夹橱中去找，

一共九件金器，件件都是出自西汉名家之手。我几次手头周转困难，都不舍得将这几件珍宝卖了。它们就在那夹橱里，还有白娘娘的红宝石指环也在那。”他稍一踟蹰，疑惑地盯着狄公，哑着嗓子问：“敢问大人是怎么断定我偷了金器？”

“今早在你店里，你自称从未去过娘娘庙，却说祭坛和娘娘神像是分开的。你声称只从那本书上了解到神庙里的情况，但书上明确写着，神像和祭坛是由同一块汉白玉石雕成的。我衙门里也有这么本书，上面有条旁注，说祭坛和神像起先由水泥黏在一起，后来被人移开。因此，我便疑心你说了谎。当然，我当时还不能断定，毕竟你可能从别的书上读到了水泥被除去的事。但你今晚果然钻进了我设下的圈套。”

杨益民苦笑道：“原来，大人当时并无实据。唉，您派洪参军来我铺子里借白色手臂和红宝石，真是高招。我一下子就不安起来，担心您发现了我窃取金器的事，甚至担心您还发现了别的什么线索。我哪里还坐得住，趁着黑夜悄悄潜进这书斋探听虚实。我来之前早就下了决心，要么杀了大人您，要么取了卞葭这孬种的命。”说着他从衣袖里抽出一柄尖刀，班头急忙跳过去夺，杨益民一把将刀扔在桌上，嘲讽地扫了班头一眼。接着，他又对狄公道：“我练就了一手飞刀绝技，本不会失手。谁知她来了……她挡在了大人身后。”

他皱着眉头想了想，又问：“今天下午我差点就收拾了卞葭，大人是怎么发现的？”

狄公道：“本官好歹通些医理，若卞葭只是遭了寻常毛贼的袭击，头上挨了一拳，身上挨了几脚，他怎么可能不让人移动而非要等衙门的仵作去检查？只有高空坠落的人，才不能随便移动。再者，寻常的劫匪抢劫根本不需要撕裂受害者的衣袍。因此，我猜想你从二楼书斋的窗户将卞大夫推了下去，恰巧他的外袍在窗台边的铁钉上勾了一下，撕了一道大口子，也让他捡回一条命。”

杨益民厉声打断狄公：“我没把他扔出去。卞葭哭丧着脸来找我，问我是不是掐死了孟老婆子,威胁要向官府告发我，我盛怒之下喂了他一顿拳头。谁想到这孬种太不禁打，一下撞在屏风上，摇摇晃晃从窗户跌了出去。我拉他不及，便急忙跑下楼，冲到街上，发现他的衣袍在铁钉上勾了一下，缓解了下跌的速度，竟没有什么大碍。街上随时会有行人经过，我必须尽快摆平此事。我警告卞葭，刚才的事故只是个小小的教训，若他胆敢告发我，一定不饶他性命。我命他对人说是遭到劫匪袭击，接着便将他拖到了对街的夫子庙门口，软硬兼施让他照我说的做。我有的是机会杀他，但我留着他有用，他还欠我不少钱。我原以为编的这个故事可以蒙混过关，也就没下杀手。”

狄公点点头，说道：“明日，公堂之上你再详细招供。现在我还有几点要问你。刚才，卞葭说是你骗他给唐迈下的毒，他并不知情？”

“当然！大人以为我会相信卞葭那孬种有胆子下毒？我骗卞葭说，当晚我要谢光顶替唐迈去荒宅里会面琥珀，要他拖住唐迈。我还让他故意输船，好让我从赌局中牟利。我把药递给他，说这是蒙汗药，让他在宴会上趁乱下到唐迈的酒杯里。卞葭欠我钱，只得听我差遣。他哪里想到这是烈性毒药。可叹我运气不好，唐迈的尸体抬上岸时正巧让仵作碰见了，他又正好去过北方，见过这种毒药。否则卞葭还以为是蒙汗药引发了唐迈的心疾，这才导致的猝死。卞葭行医多年，名声在外，一定不会有人质疑他的诊断，唐迈的真正死因就能掩盖过去。”

狄公冷冷地指出：“你让谢光顶替唐迈去赴约，是为了得到那十锭金和御珠吧？”

“大人这回可错了！我不知道什么金锭，什么珍珠，我眼里只有琥珀，这目中无人的小狐狸精！早些年，她还只是唐一贯府上的一个粗陋丫鬟，就敢拒绝我，说我癞蛤蟆想吃天鹅肉。我于是告诉唐老先生，琥珀见我常去拜访便企图引诱我。老先生怒不可遏，狠狠教训了她一顿鞭子。但是对那小淫妇来说这点小惩根本不够！我敢肯定她早就跟唐迈苟且上了，哪怕在寇元梁这老糊涂将她收了房之后，她和唐迈也没断了干系。我还试探过唐迈，他矢口抵赖，但他这么个痞子的话哪里可信。至于琥珀……我清楚她是什么货色！我要亲自教训她一番，让她在我面前苦苦求饶，就像那白娘娘庙里的金莲一般，然后我……我……”

他突然陷入了沉默，眼中闪过一丝清明，语气变得温柔起来：“不，我怎能拿那小骚货跟金莲比，卑贱的污泥怎能与高贵的莲花相提并论？当日在白娘娘的庙里，我本可以在祭坛上杀了金莲，但叫我怎么下得去手，那纯洁无瑕的胴体怎么能沾染血污？我只想得到她，独占她那精致无双的美貌。我怎能毁了这样的美人儿？怎能犯下如此不可饶恕的罪孽？刚才她正巧挡在大人身后，我不舍得伤了她的玉体，这才没有贸然对您动手。四年来，我没有一刻不记挂着她……”

杨益民将脸埋在双掌之间，陷入了痛苦的沉默。满室只剩疾风骤雨的潇潇之声。寇元梁抬着眉毛端详了杨益民许久，张了张嘴想要说话，狄公抬手阻止了他。

过了半晌，杨益民抬起头，恢复了平静，“我命唐迈修葺了那个亭阁。孟老婆子的破宅子已经很难掩人耳目，这死老太婆还和唐迈一起讹我的钱，整天拿一些下贱的妓女糊弄我。但我需要这些女人来平息心中的煎熬，这些年来，金莲无时无刻不在折磨着我。

“我辞退了唐迈，许诺每月给他一笔钱，作为封口费。我改雇谢光为我猎取女子，又让卞葭帮我留意寇府的消息。卞葭这庸医拍着胸脯跟我说金莲的病治不好了。但我时时惦念着她，想知道她过得好不好，她变得怎样了……”

他平静了一刻，又说道：“谢光与唐迈交好，经常能从唐迈口中套出各种消息。几天前，谢光来告诉我，说是拿到了琥珀与唐迈私通的铁证——龙舟赛结束后，这对野鸳鸯要在荒宅的亭阁里幽会。想到这对奸夫淫妇躺在我放在那的竹榻上，我简直嫉妒得发狂！我定不能教他们逍遥快活！我让谢光冒唐迈的名去那亭阁，用绳索将琥珀绑在那张竹榻上，等我亲自去收拾她。”

他忽然沉下脸，咒骂起来：“谢光这蠢货竟搞砸了我的美事！那天半夜，谢光慌慌张张地回到南门边一幢宅子里与我碰头，磕磕巴巴地说大事不好了，他正要将琥珀绑在竹榻上，那小淫妇竟抽出一把尖刀刺中了他的胳膊，谢光一怒之下失手杀了人。更糟的是，有个官差尾随他去了荒宅，险些当场将他抓住！他拼命奔逃，好不容易赶回来向我报信。我给他灌了几碗黄汤，叫他躺下休息。我则在心里盘算着怎么收拾这盘烂棋，突然发现他袖子里鼓囊囊的，取出来一看，是一包黄灿灿的金锭，整整十锭！谢光这时慌忙从榻上翻滚下来，想要逃出门去，被我一把掐住脖子，动弹不得。他这才老实向我交代，金锭是从琥珀身上偷来的，他原想私吞了。我问他琥珀去幽会怎么要带这么贵重的金锭，他竟跟我说是向唐迈买一颗价值连城的御珠！显然，这蠢货还没明白，御珠的故事不过是唐迈和琥珀编出来的，为了从寇元梁那里骗钱私奔罢了。我自然不会告诉他真相。既然金锭已经到了我手里，琥珀也死了，那么谢光就留不得了。我哄骗谢光，只要他答应帮我去找出御珠，刚才的事我就不追究了。我让他在这宅子里打发一宿，第二天一早扮作木匠出城，去唐一贯的荒宅里寻找御珠。

“第二天一早，我对店里伙计说要去城外农家收购一件新出土的古董，匆匆骑马出了城。我知道一条近路，神不知鬼不觉地就能摸进荒宅。我将马拴在荒宅后身的一棵老榆树上，绕到宅子前面进了门。

“谢光早将那里翻了个底朝天，连屋檐的缝隙也没落下，但除了几个燕子巢，一无所获。我让他到亭阁里面看看，将墙纸窗棂都卸下来，不要放过一个角落。这主要是为了迷惑大人您，我跟您打了一年多的交道，深知大人不是好糊弄的。等谢光做完了这一切，我拿一块砖头冷不防砸碎了他的脑壳，把尸体扔在矮墙外的浅沟里。接着，我出了宅子，打算沿原路回城，恰巧看见那狷傲自大的铁公鸡来了。”

听了这话，郭敏愤愤咒骂起来，狄公不等他发作，又问杨益民："今天中午你从衙门出去后，一定在街上认出了牡丹？"

杨益民轻轻一哂，满不在乎地说道："那张愚蠢圆盘脸，我怎么会认错？上周我就让谢光把她弄来，谁知这厮败事有余。今天中午我见牡丹和三个无赖被众人簇拥着去公堂，便知大事不好。那三个无赖一定会供出孟老婆子的住所，到时候那老东西为了自保肯定要将我招出。事已至此，我急忙冲到孟老婆子家里。嘿，这老东西一人在家，我就用一条丝巾结果了她。"

"就到这里吧。" 狄公冷冷地说道，示意衙役上前给杨益民戴上手铐脚镣。

"你怨恨金莲和琥珀，因为她们拒绝了你卑劣的要求。你残害其他素不相识的女子又是为什么？"

杨益民站直了身子，身上的锁链砰砰作响，他平静地答道："大人怎么能明白我的煎熬？起初，我确实对琥珀动过心思，她小小年纪就萌发出动人的丽色——寇元梁也注意到了。可惜琥珀徒有一副姿容婉约的皮囊，内里却还是那个卑贱堕落的奴婢。金莲跟琥珀相比真是云泥之别，她是个冰清玉洁的美人，浑身散发着迷人的光辉，一颦一笑都是那么的高贵典雅。金莲就是完美的化身：我毕生所追求的就是这种完美，只有得到了她，才算是不枉此生。"他的语气变得急促起来，"无论是玉石、名木、金银、陶瓷，还是青铜，这些名贵材质所制成的古董名器美则美矣，都不及生动鲜活的佳人。那种的极致美色需要被占有、被欣赏，日复一日地爱慕她，凝视她，抚摸她……她会不断焕发出新的魅力，带给你新的乐趣。数十年来，我如痴如狂地研究这世间的一切珍宝，没人比我更懂得欣赏美，没人比我更有资格占有这样的稀世美人。那夜，在白娘娘的神殿里，她杀了我，残忍地击碎了我的美梦，抽走了我的灵魂，只留下一具空壳，燃烧着熊熊的复仇之火。我要报复！报复她曾对我犯下的惨无人道的罪行！”突然，他目露凶光，疯狂地叫嚣道：“我要复仇！我的冤魂不甘屈辱，从地狱返回到人间！我狠狠地折磨了金莲，这个铁石心肠的凶手，用含羞的娇笑、如水的眼波勾引我，然后又来嘲讽我，辱骂我，拒绝我的爱意。她毁了我的身体，也毁了我的灵魂，只给我剩下一具行尸走肉。我折磨那些女子，让她们苦苦求饶，那声音就跟娘娘庙里的金莲一模一样。我撕裂她们的身体，挑断她们的血管，眼前仿佛是金莲的身体、金莲的鲜血……”最后他伸出舌头舔了舔嘴角的唾沫星子，扭曲的面孔渐渐放松下来，淡淡地说：“我只是做了自己该做的事。我必须这么做。”

狄公坐下来，擦了擦额头的汗。郭敏咳嗽一声，急忙问道：“大人，小民有一事相求。杨益民还欠我一笔不小的债务，他曾向我买两件青铜器具，赊着账。官府定完杨益民的罪之后，没收他的非法财产时能否将这笔钱偿还给我？”

“这当然没问题，郭掌柜。”狄公答道，“明天早上你来公堂做个证人，案子了结退堂之后，你就可以自由去留了。”

“谢大人。”郭敏面色沉痛地摇了摇头，说道，“我一直把杨益民和卞葭当作生意伙伴，真是知人知面不知心，生意上的事再谨慎也不为过啊。今晚大人安排的会面真令人大开眼界。大人想必早就识破了杨益民和卞葭的真面目了吧？”

“不错。”狄公敷衍地答道，只求快点摆脱他的纠缠。

“妙极！不过，小民斗胆猜测，大人也怀疑过我郭敏是杀人凶手吧？”

“郭掌柜，你可以回去了。”狄公不耐烦道。

郭敏只好停止了聒噪，识趣退下。洪参军送他出去。

狄公从衣袖里去除那条白手臂，小心将白手臂肘部黏着的龟壳分开，那乌龟一动不动，头和四肢都缩在壳里。

洪参军回到书斋，一言不发地走回到墙角的茶几旁，倒了一杯茶。

狄公道：“洪亮，把之前你站在卞、寇、郭三人身后时手里举着的嫩叶给乌龟吃了吧。”

洪参军把茶端给狄公，拿出几片嫩叶放在桌上，那乌龟一下子伸出头，急切地爬到嫩叶旁啃食起来。

十九

洪参军不发一语，看着狄公缓缓将杯中的香茗饮尽，他布满皱纹的脸上带着伤痛的神色，失落地问道：“大人，下午您告诉我今晚的茶叙是为寇、卞、郭三人设下的局，却只字未提杨掌柜，您难道不信任卑职？”

“洪亮，你先坐下。”狄公搁下茶杯，松开领口的扣子，胳膊放在桌上，温言道，“那枚失落的白板将嫌疑人限定在了寇、卞、郭三人之中，因为只有他们三人有机会偷走白板。而这个偷的人必然卷入了命案之中，有可能是听命于隐匿在背后的真凶。但这第四个嫌疑人的存在只是一个朦胧的猜测，直觉告诉我，最后的两起命案的作案手法很不寻常，若凶手在寇、卞、郭三人之中，他应该会用匕首从身后刺死谢光，或者在孟老婆子的茶杯里下毒，而不会残暴地砸碎谢光的脑壳，勒断孟老婆子的头颈。此外，这几起命案的案发时间如此接近，地点又相距甚远，凶手必定十分强健敏捷，经常在乡间策马驰骋。寇、卞、郭三人都不相符。同时凶手又与古董生意密切相关，我自然就想到了杨益民。他身强体健，又常年在乡间收购古董，而且他跟其余三人一样有机会作案。龙舟赛那晚他也现身了，又非常关心唐迈的死因；今早他恰巧骑马到乡间去，因此他也有机会杀死谢光；梁小姐带着牡丹来衙门报官时，他也在附近。此外，他主要有三大疑点。其一，尽管他否认去过曼陀罗林中的白娘娘庙，但他却知道祭坛和神像是分开的，这就暴露了他故意说谎，可能是为了掩盖自己曾去神庙盗取金器的罪行。其二，他假称不认识唐迈和谢光，这就有违常理。唐、谢二人也从事古董买卖，都是本地的同行怎么可能不认识？其三，关于卞葭经济拮据，他和申八的说法完全不同，这正说明卞葭受他差遣，因此他要袒护卞葭，使其免受官府怀疑。

“但这三个疑点都可以从相反的角度去推翻。杨益民可能在别的书上读到了祭坛和神像的改造；唐迈和谢光可能会故意避免跟杨益民接触，毕竟他不是个好相处的竞争对手；卞葭也可能对外隐瞒自己的财务危机，而只有申八手下消息灵通的乞丐才能探听到实际情况。最重要的一点是：杨益民没有作案动机。我与他认识多年，深知他的脾气爱好。如果真有什么动机的话，那一定是过去的仇怨了。但案情棘手，没时间给我们细细查探了，因此我当机立断，设下了这个局，既能验证我们之前按逻辑推理出的假设，又能验证我心里隐隐闪现的直觉。

“如果寇、卞、郭三人中有一个是凶手，我读假信，谈鬼魂复仇索命，最后让那条白手臂突然出现，必然会吓得真凶惊慌失色，露出马脚。我唯一没告诉你的，是我对杨益民的怀疑。如果他是真凶，那他今晚一定会偷偷潜入书斋偷听，从而落入我的陷阱。

“离开衙门之前，我吩咐班头悄悄跟我们来寇府，等我支走了管家，就立即将阖府上下的奴婢仆从看管在后院的一间屋子里，不许声张走动。然后他带着剩下的衙役在书斋四周埋伏，一旦有人从书斋出去，立刻逮捕，但若是有人进入书斋，则不必惊动。如此一来，若凶手在书斋之中，则无法逃逸出去，若杨益民是凶手，也必定会落入我的圈套。刚才他的招供你也都听见了，他今夜果真是有备而来，更证实了他的罪行确凿无疑。”

“大人！你这番安排太冒风险了！如果我事先知道，绝不会任由你置自己的安危于不顾！”

狄公欣慰地看着这位忠心耿耿的下属，说道：“这也正是我不能事先告诉你全部安排的原因啊。”

洪参军激动地说：“我十分担心你的安危！今夜，书斋里的气氛越来越紧张，我一刻不敢松懈，紧紧盯着那三人，生怕凶手攻击大人，却没想到还有第四个人！”

“我也是一时大意，险些铸成大错！”狄公苦笑道，“昨天我来这里粗略观察了一番，以为后墙边的一排蜡烛熄灭后，仅靠着方桌上的一支蜡烛就能让我看清门口的情况，同时也能观察对面三人的脸色。倘若杨益民潜来偷听，我定能发现他将房门推开一半，一旦他大胆闯入室内袭击我或者他的同伙，我便能立即揪住他并呼唤埋伏在走廊外的班头等人。然而我大错特错，房门边一片黑暗，我根本无法一边用故事恐吓对面的三人，一边观察他们的脸色，同时还分出精力观察房门口的动静。当我听见有人潜入时，那人早就站在了我的身后，我一时以为自己玩得过火了，大限将至。”

狄公以手抚额，疲惫地说道：“听了杨益民的供述，我才知道这一切都是起于他对金莲的觊觎。这份狂热的情欲与他对古董的热爱纠结在一起，把一个孤独的老鳏夫引入了疯狂犯罪的深渊。至于卞葭，按照律法应当处斩，但念在他是受人利用，本无意杀人，便饶他死罪，判个十年八载的监禁吧。对了，等本案审理了结，别忘了提醒我，从杨益民罚没的财产里抽出一份赏给牡丹，让她赎身从良。她是个本分纯良的女子，不应该在妓院勾栏里了此一生。”

那只乌龟正津津有味地啮食着洪参军带来的嫩叶，狄公饶有兴味地看了一会儿，说道：“这小东西今夜圆满地完成了任务。但我今夜还犯了一个错误——我吩咐班头将寇府的奴婢下人悉数控制起来，却忘了金莲需要人照顾。班头一根筋地执行了我的命令，使得金莲缺人看顾，独自一人恍恍惚惚出了门，在寇府空荡荡的庭院里四处游荡。恰巧看到杨益民偷偷溜进书斋，而杨益民却没看见她。她悄悄尾随杨益民穿过走廊，进了书斋。自从在白娘娘庙里凌辱了金莲之后，杨益民就一直刻意避开金莲，怕撞见被她认出来。他说他每回进寇府都只在客厅喝口茶，从不进到书斋，因为看了寇元梁精美的收藏眼红难受。其实他是不敢冒险见到金莲，怕当年的丑事败露。今夜，金莲一开始并没有认出杨益民，但仅匆匆一瞥就在她混沌的脑海里激起了一些印象，她懵懵懂懂地跟着杨益民。当时你惊叫起来，正是看见了她走进书斋，而杨益民早在之前就进了书斋，站在房门左侧的墙角里，金莲走过杨益民身前，竟站在我身后不动了。今夜恰巧也是风雷交加的暴雨天，书斋里紧张压抑的气氛又恰似四年前白娘娘庙殿里的那个夜晚。精神错乱的病人对天气变化尤为敏感，相似的气象和氛围最终导致了今晚发生的一切。当我将带着红宝石戒指的白手臂放在桌上时，金莲顿时认出了这正是白娘娘的手，当时她无助地躺在祭坛上，仰头望见的正是这只白手。瞬间她又联想到刚才见到的那个大汉，一下子所有的记忆都涌了回来，精神上的巨大刺激治愈了她的病症，她恢复了神志。”

洪参军点点头，说道：“上苍仁慈，保佑了寇相公，使不贞的琥珀死于非命，又叫忠贞不渝的金莲恢复了健康，从此夫妻团圆。”他皱着眉思索了一会，又问道：“大人又是怎么知道杨益民诱拐金莲那晚也是雷电交加、风雨大作呢？我并不记得有人提起过这一点。”

狄公答道：“确实没人提起过，但你可记得四年前唐一贯一家吓得半死的那夜不正是电闪雷鸣、狂风暴雨吗？你难道还没明白那显灵的白娘娘正是从神庙里逃出来的金莲？那晚金莲受了极大的惊吓，不顾一切地从曼陀罗林里奔逃出来，跟传说中白娘娘显灵的情景一模一样！当时金莲衣不蔽体，披头散发，浑身是血。恰在这时暴雨倾盆，可怜的金莲出了曼陀罗林，在田野里游荡了一夜，第二天才被人发现晕倒在东门外的田地里。当然，我还要回去查一查当日的确切日期，但我深信杨益民诱拐金莲和白娘娘在唐一贯宅邸显灵是发生在同一晚！”

两人静静地坐在书斋里，听着窗外的雨声，一时无言。最后，洪参军解开了心中所有的疑团，笑道：“大人今晚一举侦破了两桩悬案！不仅解开了四起连环杀人案，就连四年前白娘娘显灵的谜题，此刻也真相大白了。”

狄公啜了口茶，缓缓将茶杯放在桌上，意味深长地看了洪参军一眼，缓缓说道：“四起谋杀案是解决了，至于白娘娘带来的所有谜团……还远远没有解开。”说着他站起身，将乌龟放进衣袖，整了整衣袍，说道：“雨小了，我们回府衙吧。”

二十

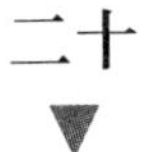

翌日拂晓，狄公和洪参军骑马出了南门，往乡间而去。一夜风雨，空气格外清新，昨日的闷热一扫而空。

狄公为了起草四起杀人案的详细报告熬到深夜，又因寇元梁书斋中的惊险遭遇心神紧张，没有睡好，早衙公堂上还要耐着性子再听一遍杨益民的供述。他一早起来，叫醒了洪参军，两人骑马去城外的曼陀罗林转转，看是否有可能将那片林子砍伐干净。狄公打算在呈给朝廷的结案报告中附上一页，指出这片林子已经成了本县歹徒恶棍藏污纳垢的巢穴。

他们循着杨益民招供的那条捷径穿过阡陌良田，很快便见曼陀罗林，高大的树木映入眼帘。

三株白榆树高高挺立，从那里穿过一条小道便可到达白娘娘神庙。但昨夜的狂风暴雨十分肆虐，连根拔起的树木横七竖八倒在小径上，其间藤蔓虬结，荆棘丛生，严严实实阻挡了他们的去路。

两人只好绕着林子转一转，企图寻找其他的入口。但见满目古树密林，郁郁葱葱，竟没有一丝容人进入的空隙。

最后他们不知不觉绕到了唐府的后面，便沿着宅院的外墙到了正门口。狄公翻身下马，对洪参军道："既然到了这儿，就去花园里看看吧。四年前那夜金莲逃出林子正是在那里突然出现的，或许我们能在那儿找到一条小路进入林子。"

他们穿过幽暗的回廊，来到主楼东侧的小花园中。站在低矮的院墙边，望着黑黢黢的密林。清晨寂静的空气中，树叶没有一丝哪怕最轻微的颤动。亭阁的屋檐下，燕子飞进飞出，叽叽喳喳叫个不停，但它们却不敢靠近那林子，似乎有什么诡秘的力量笼罩在林间。林子一片阒寂，仿若古墓一般。

过了良久，狄公摇了摇头，对洪参军道："不，我不想拆毁白娘娘的神庙了。我们不该打扰白娘娘的宁静，就让她待在自己的神殿里，看守着这片圣林吧。我等凡人本就不该打扰神灵的清静，今天我们进不去林子，正说明这是片神灵保佑的圣林。我们这就回城吧！"

狄公说着便转身欲向门口走去，忽见亭阁墙脚处草丛间一只雏燕无力地挣扎着。见它拼命拍打着还没长羽毛的粉色翅膀，狄公心中不忍，弯腰将雏燕小心地捧在掌心，说道："这可怜的雏鸟儿不小心从巢里掉了下来！幸好没有摔伤。洪亮，你看，那鸟巢就在亭阁的飞檐底下，母燕正在泥巢边飞来飞去寻找呢。我来把这小东西送回泥巢里去。"

狄公跳上墙头，把那雏鸟放回了巢里。但他并不急着下来，而是踮起脚尖往泥巢里望去，不顾那母燕拍打着翅膀焦急地在他头边飞绕不停。

几片破裂的卵壳边，三只雏燕挤在一起，正张着嫩黄的鸟喙啾啾鸣叫，边上有一枚鸟卵还未孵化，虽粘着些泥污粪渍，但却难掩熠熠生辉的光泽。

狄公小心地用拇指和食指拈起那枚奇异的鸟卵，跳下矮墙，用手帕仔细将鸟卵表面的污渍擦拭干净，托在左掌心中，细细观察着。洪参军也忙凑过来看，只见它散发出莹润无瑕的光彩，令人移不开眼。

过了半晌，狄公像是被这摄人心魄的美震撼了一般，轻声对洪参军道："这就是御珠！"

洪参军屏住呼吸，弯腰凑近狄公手掌细细打量了一番，也不由得压低了声音问道："大人，会不会是赝品？"

狄公果断地摇了摇头，"不，洪亮，这绝不会是赝品。你看这完美的形状，这温润的色泽，这通透的光华，天下谁能制作出如此精美绝伦的珍珠？唐迈没有骗人，这的的确确是那颗失落已久的御珠。唐迈不愧是个狡猾的混混，他果然将这御珠藏在亭阁之中，但却藏在一个任何人都想不到的地方。谢光搜寻亭阁时也在屋檐下细细找过，但那时鸟卵尚未孵化，因此御珠并没有引起他的注意。要不是机缘巧合我们也同样要错过它。"

狄公将御珠在掌心慢慢滚动，无限感慨地叹息道："经历了如此漫长的岁月，多少人事变迁，殃及了多少鲜活的生命，枉流了多少无辜的献血，这颗御珠如今将重回圣上的宫殿，回到它应该去的地方。”

他郑重地用手帕包起御珠，纳入胸前的衣襟里，一面说道：“我将这御珠交给寇元梁，附上一纸由我签章的官府批文，说由于围绕这颗御珠发生了一桩谋杀案，故未能及时将御珠献给皇上。如今凶案已结，寇元梁立即专程进京献宝。希望圣上会因此奖励寇元梁，再加上金莲的康复，希望他能从失去琥珀的伤痛中振作起来。

“至于琥珀，我确实重重地冤枉了她。她与唐迈从未有过私情，更不曾计划与他私奔。她仅仅是想为寇元梁买进这件稀世珍宝，报答丈夫对她的再造之恩。况且她马上就要为自己敬爱的丈夫生孩子了。她只是把唐迈当作旧主人的儿子罢了。她只知道唐迈偶尔为寇元梁搜罗古董，但她根本不知道唐迈与杨益民之间的勾当。我在这一点上完全判断错了，我犯了一个天大的错误，但已经无可挽回，现在我唯一能做的就是向她的亡灵致以最诚挚的歉意。”

狄公默默伫立半晌，他的眼睛望着矮墙外黑黢黢的曼陀罗林，陷入了哀思。突然，他转身往门外走，示意洪参军跟上。二人飞身上马，向白玉桥镇奔驰而去。

白玉桥镇街市上的小贩正忙着支起摊子，开始一天的营生。天色尚早，街上还不见有什么行人。

一层轻柔的晨雾悬浮在运河平静的深色水面上，在堤岸边的垂柳侧畔轻轻散开。一间小小的河神娘娘庙掩映在柳条之间，老庙祝正拿着长长的扫帚，清扫台阶上的落叶。

他漠然地望着狄公步上台阶，显然没有认出这是本县的县令大人。

庙殿里弥漫着微微的香气，祭坛上一只青铜香炉里袅袅升起浅蓝色的香烟。狄公站在祭坛前，双手笼在宽大的衣袖里，透过朦胧的烟气，他依稀望见河神娘娘嘴角微微翘起，露出一丝浅浅的笑意。

两天来发生的事，一幕幕在眼前飞过，这其中有太多的巧合，但真的只是巧合吗？他对凡人的理解尚且如此浮浅，又怎么敢揣测掌控凡人命运的神灵呢？

狄公对着神像喃喃道："你是凡人塑就的偶像，却代表了凡人无法窥见也不该窥见的未知。请接受我卑微的敬意。"

狄公转过身来正要离开，却见老庙祝默默站在他身后。狄公了然，忙伸手探进衣袖想摸出几枚铜钱施舍。突然他摸到一块银锭，心念一动，取了出来，这正是前天夜里琥珀夫人赏给他的酬金。

狄公静默半晌，陷入了沉沉哀思。他将那块银锭递给老庙祝，说道："每月初五，你替我在这里烧一炷香，念一遍经，超度寇府琥珀夫人，愿她的灵魂早日安息。"

老庙祝接过银锭，对着狄公恭恭敬敬鞠了一躬，缓缓走到庙殿一侧的桌上，翻开一本厚厚的功德簿，用一支秃毛笔蘸了蘸墨汁，费力地在簿册上画了个数字。他那灰白的头颅低低凑近，几乎碰到了发黄的纸页。

狄公出了庙殿，步下台阶，从洪参军手中接过缰绳，翻身上了马背。

老庙祝突然追出庙殿，站在台阶上，枯皱的手上仍拿着那支秃笔。他颤抖着叫道："贵相公请留步，请问相公尊姓大名，有何高就？"

"太原狄仁杰。"狄公面带愧疚，又说道，"一介书生。"